KB216622

링컨의 일생

김동길 지음

As I would not be a slave, so I
would not be a master. This ex-
presses my idea of democracy. —
Whatever differs from this, to the
extent of the difference, is no
democracy. —

A. Lincoln —

샘터

사진으로 보는 링컨의 일생

▶ **링컨이 쓴 연습장의 한 페이지**
그의 새어머니는 이렇게 말한다 : "에이브는 손에
들어오는 것이라면 무슨 책이든지 다 읽었어요. 눈에
띄는 구절이 있으면 널판지 위에 써두었다가 종이를
구할 때까지 그것을 보관해 두었고, 종이에 옮겨 쓴
다음엔 그 구절을 읽고 또 읽었지요. 그는 일종의
스크랩북이랄 수 있는 비망록에다 모든 것을
적어놓은 뒤 그것을 잘 보관했어요."

▼ **링컨의 탄생지**
"나는 1809년 2월 12일, 켄터키 하딘 카운티에서
출생했습니다"라고 링컨은 그의 자서전에 적고
있다. 그의 아버지는 200달러에 이 농장을 샀는데,
그 가격에는 통나무집이 포함되어 있었다.

◀ 링컨과 그의 아들 태드
브레이디 스튜디오에서 찍었다. 1864년 2월 8일에 찍은 이 사진에 대해 저널리스트 노아 부룩스는 다음과 같이 썼다 : "링컨은 이 사진이 일종의 사기가 되지 않을까 걱정된다고 나에게 말했다. 그의 생각에, 대부분의 사람들이 이 사진 속의 책을 큰 성경책으로 생각할 것인데, 사실은 사진사가 아버지와 아들이 다정한 자세를 취하도록 하기 위해 사용한 사진첩이었기 때문이다. 링컨이 '아들 태드에게 성경책을 읽어주는 것으로 사람들이 생각할까봐 걱정하는 마음에서' 빈틈없는 그의 정직성을 엿볼 수 있다."
이 사진은 널리 퍼져, 많은 가정의 벽을 장식했었다.

▶ 메리 링컨의 모습
그녀는 고급옷을 사입는데 수천 달러를 소비해 빚을 질 정도였다. 그녀는 퍼스트 레이디로서 세계의 어떤 여성보다 더 멋진 옷을 차려입고, 우아해야 한다고 믿는 것 같았다.

▲ 48세 때의 링컨
링컨은 다음과 같이 썼다. "내 아내나 다른 이들은
그렇게 생각하지 않지만 내 생각에 이 사진은 진짜 내
모습에 가까워 보인다. 아마 그들은 내 머리가
헝클어져 있어서 나의 생각에 동의하지 않는 듯싶다."

턱수염이 없는 링컨의 마지막 모습.
1860년 8월 13일

턱수염을 기르기 시작한 대통령의 모습.
1860년 11월 25일

▲ 마지막으로 카메라를 마주한 링컨
1865년 4월 10일, 여윈 모습의 대통령이 알렉산더
가드너의 스튜디오에서 마지막으로 카메라를 마주한
모습. 가드너가 사진을 찍을 때 네가티브 유리판에
금이 갔는데, 인화 후 완전히 깨어졌다.

수염을 기른 링컨, 1861년 1월 13일

1861년 2월 9일, 이틀 후 링컨은 수염난
미국의 첫 대통령이 되기 위해
워싱턴을 향해 출발했다.

◀ 게티스버그 연설 초안
첫 페이지는 잉크로, 두번째 페이지는 연필로 썼다. 링컨은 적어도 여섯 개의 사본을 작성했던 것으로 보인다.

▼ 링컨의 취임식
1861년 3월 4일, 링컨의 취임식을 지켜보기 위해 수많은 사람들이 국회의사당 앞에 운집해 있다. 당시 유행된 모자를 많은 사람들이 쓰고 있다.

◀ 애틀랜타의 노예시장
노예들은 경매될 때까지 축사에
수용된다.

▼ 실크햇을 쓴 전장에서의 링컨
1862년 10월 3일, 메릴랜드 앤티텀 근처에 있는
맥클레런 장군 휘하의 전투 사령부를 방문한
링컨이 잘 알려진 그의 실크햇을 쓰고서,
맥클레런 장군과 다른 군장교들 틈에 우뚝 솟아
있다.

▲ 링컨의 장례행렬
1865년 4월 25일 뉴욕시에서, 자기 할아버지
집 창문을 통해 미래에 대통령이 될 한
아이가 링컨의 장례행렬을 지켜보고 있다.
브로드웨이 14번가에 위치한 이 집 창문 안의
어린 소년은(←를 보라) 6살 반 난 테오도르
루즈벨트로 그의 형 엘리어트와 함께
장례행렬을 지켜보고 있다.

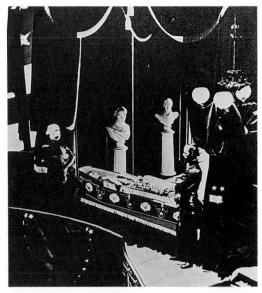

▶ 관 속의 에이브라함 링컨

링컨의 일생

김동길 지음

샘터

● 책 머리에

새로운 용기와 희망을 주기 위해

내가 링컨을 처음 알고, 그의 삶의 아름다움을 어린 꿈의 한 구석에 간직하게 된 것은 족히 40년이나 되었을 옛날의 일이었다. 나의 가난한 소년시절―, 내게 꿈이 있었다면 오직 하나, 가난에 쫓기며 고생하시는 어머님을 위하여 한번 크게 성공해 보았으면 하는 그 바람 하나뿐이었다. 식민지에 태어난 한 소년의 그런 순진한 꿈을 진정 키워준 역사상의 위인이 바로 미국의 16대 대통령 에이브라함 링컨이었다.

나는 그가 누구인지를 잘 모르면서도 무턱대고 그를 사모하고 숭배하였다. 중학교에 다니던 무렵에는 한동안, 나폴레옹이나 무솔리니 같은 시대의 영웅들 때문에 내 마음이 흔들린 적도 있기는 했지만, 그들이 나를 사로잡는 힘은 오래 지속되지 못했고 오로지 링컨만이 나의 꿈세계의 우상처럼 계속 군림하고 있었다.

그렇듯 철없던 어린 날의 꿈이 사라진 후, 내가 링컨에 대하여 학문적 관심을 가지고 접근하게 된 지도 어언 20년의 세월이 흘렀다. 그동안 링컨에 관하여 많이 읽기도 했지만, 힘이 자라는 데까지 책이나 물건을 사서 모으기 시작하여 이제는 어지간한 수집가로 자부하게 되었다. 앞으로 어떤 한국인도 링컨에 관하여 나만큼 수집하기는 어려울 것이라고 믿는다.

나의 링컨 연구는 연세대학교와 불가분의 관계에 놓여 있다. 이 사실에 대해서는 약간의 설명이 필요할 것이다.

해방의 열풍과 감격이 아직도 가시지 않았던 1946년 나는 월남하자 곧 당시의 연희대학교에 입학하여 대학교육을 받게 되었는데, 해방 직후의 〈연희〉는 결코 오늘날처럼 무기력하지는 않았다. 이 숲속에서 나는 정인보(鄭寅普), 최현배(崔鉉培)의 나라 사랑의 정신을 배웠고, 백낙준(白樂濬)으로부터 기독교와 민주주의의 근본을 터득하였다고 자부한다. 내가 학부에서 영문학을 전공하고 후에 서양사로 전향하여 링컨 연구에 전념하게 된 것도 따지고 보면 나의 위대한 스승 백낙준의 영향 때문이었다. 연희동산 숲속, 나무 한 가지, 풀 한 포기에도 이 어른들의 입김이 서리어 있었다. 자유와 민주주의가 나라 사랑의 유일한 철학이라는 확신을 내게 준 곳이 연세대학이며, 그 확신 때문에 나는 링컨을 공부하게 된 것이었다.

일을 못하게 되면 말이라도 하고 싶은 것이 사람이다. 일도 못하고 말도 못하게 되면 글이라도 써야 할 것이다. 글도 못 쓸 형편이라면 생각이라도 하면서 살아야지. 산다는 일마저 포기할 수는 없는 노릇이 아니겠는가?

삭막한 오후, 하늘가에 흘러가는 흰구름 조각이나 바라보고 섰는 나에게, 책이나 한 권 쓸 의향이 없느냐고 사람을 보내 물어온 이는 《샘터》사의 김재순(金在淳) 이사장이었다. 고등학교 정도의 학력이면 누구나 읽을 수 있는 쉬운 말로 링컨의 일생을 간추려 달라는 부탁이었다. 나는 그 뜻을 고맙게 받아들여, 제한된 700장의 원고지를 앞에 놓고 붓을 들게 된 것이 작년 여름의 일이다.

이 글은 순전히 단 한 마디의 물음에 대한 답으로 쓰여진 것이다. '링컨이란 대체 어떤 사람이었는가?'라는 질문을 내게 던지는 순박한 젊은이가 있다면, 나는 이렇게 대답하겠다는 것이다. 물론 그의 일생에 일어난 중요한 사건들을 연대순으로 엮어 놓은 것은 사실이지만, 사건에 치우치지는 않도록 유의하면서 다만 그의 사람됨을 알기에 도움이 될 만한 내용만을 골라본 것이다.

이 땅에 태어난 가난한 젊은이들에게 새로운 용기와 희망과 지혜를 주고 싶어서 나는 이 책을 쓴 것이다. 그들이 가난에 지쳐서 비관하거나 자포자기하는 일이 없기를 바라는 마음에서 링컨의 이야기를 들려주고 싶었던 것이다. 어느 농가의 삐걱거리는 툇마루에 앉아서, 혹은 어느 침침한 공장 합숙소의 30촉짜리 전등불 밑에서, 잠오는 눈을 비비는 젊은 남녀와 무릎을 맞대고 이 이야기를 하고 싶었던 것이다.

입지전(立志傳)을 사랑하는 젊은이들뿐만 아니라, 소위 지도자로 자처하는 이 나라 각계 각층의 기성인물들에게도 링컨은 반드시 무슨 교훈이나 암시를 던져줄 것이다. 책임있는 높은 자리에 앉게 된다는 것만이 중요하지는 않다. 남들이 나를 '선장님'이라고 불러주는 사실에 만족하지 말고, 모든 폭풍과 파도를 뚫고 목적지에까지 그 배를 무사히 이끌고 가는 정성과 노력을 더욱 귀히 여겨야 한다. 나라보다는 자기 자신을 더 사랑하는 지도자들이 우리 주변에는 너무 많은 것 같으니 말이다. 그들을 위해서도 링컨은 꼭 하고 싶은 말이 있을 것이다. 정직하게, 착하게 살면서 열심히, 사심없이 일한다는 것이 가장 아름답다는 사실을 우리는 링컨에게서 배우게 된다. 그 책임감, 그 지혜, 그 용기, 그 너그러움, 그 여유, 그 건강, 그 상식, 그 유머— 그에게 배우는 것은 또한 즐거움이 아니겠는가?

역사상의 인물 중에서 내가 가장 만나고 싶은 사람은 두말할 나위도 없이 예수 그리스도이지만, 세속의 역사 속에서 고르라고 한다면 나는 서슴지 않고 이순신(李舜臣)과 링컨을 들겠다. 그 이상의 설명이 필요하지 않을 정도로 내게는 그 두 사람이 가장 위대하였다고 생각된다.

이 책을 내면서, 버나드(Kenneth A. Bernard) 교수에게 감사의 뜻을 표하지 않을 수 없다. 지금은 은퇴하여 조용히 여생을 보내고 있는 그의 정성스런 지도 밑에서 내가 학위논문을 쓸 수 있었기 때문이다.

끝으로 내 손위의 누님 한 분에게 고마운 뜻을 전하고 싶다. 어머니 없는 집에 누이가 어머니 대신한다는 말이 있더니, 나도 이제야 그 말의 뜻을 이해할 수 있을 것 같다. 모친의 죽음에 커 다란 충격을 받은 장 크리스토프의 탄식처럼, 어머님이 안 계신 이제, 성공이 나에겐들 무슨 큰 의미가 있으리오마는, 누님을 어머님처럼 모시는 기쁨으로 이 작업을 끝낼 수 있어서 다행이 었다.

이 붓을 놓으려 함에, '사랑은 아름다워'라는 한 마디를 되새 기며, 남자 오십의 연륜을 어디다 두고 어찌하여 내 가슴은 이 토록 뭉클하여지는가?

1976년 1월 17일 어머님 생신날에

김 동 길   적음

〈링컨의 일생〉의 판을
바꾸어 다시 낸다기에

　15년 전의 일이었다. 샘터사 김재순 이사장의 부탁을 받고 링컨에 관한 짤막한 전기를 하나 펴냈던 것이 지금으로부터 꼭 15년 전의 일―. 물 같은 세월이라더니 어쩌면 그렇게도 빨리 흘러갔는가.

　15년 뒤인 오늘 이 글을 읽는 젊은 사람은 평범한 이야기처럼 들어 넘기겠지만, 이 책이 처음 출판되던 1976년에는 이 사실이 놀라운 일이었다. 박정희 대통령이 강행한 '유신'의 칼날에 서슬이 퍼렇던 공포정치의 그 시절― 바로 그런 상황 때문에 연행·구속·재판을 거쳐 징역 15년·자격정지 15년이 확정되어 복역중, 바로 그 대통령의 '온정'과 '배려'로 풀려나 자유의 몸이 된 지 얼마 안 되던 나에게 책을 한 권 써 달라고 부탁할 사람이 이 넓은 하늘 아래 또다시 한 사람인들 있을 수가 있었겠는가. 유신체제가 선포되기 직전에 〈길은 우리 앞에 있다〉라는 책을 한 권 펴냈다가 우리가 당한 고초는 말과 글로 다 표현하기 어렵다. 책은 몽땅 압수당했고 출판사와 판매원은 말못할 곤욕을 치렀다.

　자유의 몸이 되기는 했지만 자유는 없었다. 나는 전과자라는 낙

16

인이 찍혀 학원에서 추방당하고 교단에도 강단에도 설 수 없는 사람이었다. 그런 나에게 책 한 권을 써 달라고 부탁하다니!

〈링컨의 일생〉이 나온 뒤로 나는 잘 팔리는 책을 쓰는 사람으로 알려져 출판사가 원고를 청탁하는 일에 앞을 다투었다. 이럭저럭 15년의 세월이 흐르는 동안에 내 이름으로 나온 책이 60권은 될 것이니 한 험난한 시대가 나로 하여금 책 많이 쓰는 사람이 되게 한 것이다.

샘터사가 이번에 그 책을 판을 바꾸어 다시 찍어낸다니 진실로 감개가 무량하다. 그 책이 나오던 때만 해도 내 나이 '불혹'의 언덕을 헤매이고 있었건만 오늘은 '이순'의 고갯길을 가는구나. 이젠 누님도 저 세상에 가시고 외로운 동생 홀로 남아 부모님 모시고 살던 이 집을 지킨다. 나도 차차 떠날 준비를 해야지.

밖에는 개나리·진달래가 만발했는데, 내가 세상에 태어나서 처음 누님이 안 계신 쓸쓸한 봄을 맞이하는구나. 이 글을 쓰면서 왜 이렇게 자꾸만 눈물이 흐르는가ㅡ. 이제 내 나이가 몇인데, 초판의 서문을 쓰던 때는 어머님 생각에 목이 메었었다. 이 책과 내 눈물 사이에는 무슨 깊은 인연이 있는 것일까.

신미년 새봄에
김 동 길 적음

링컨의 일생 ● 차　례

제1장
어떤 사람이기에

링컨의 삶과 죽음을 통해서 우리가
밝히 깨닫는 사실은 정직한 사람만이
역사상에 진정 위대한 인물로 남는다는
것이다. 링컨의 최대의 매력은 이 사실
을 항시 느끼게 하는 데 있다.

어떤 사람이기에

한 인물에 대한 올바른 평가는 그의 관뚜껑에 못을 박고 나서야 비로소 가능한 것이라고 한다.

생전에는 많은 추종자를 거느리고 인기가 절정에 올라, 여기저기에 동상·기념비가 세워졌던 이른바 시대의 영웅들이 죽음과 함께 영영 흙 속에 파묻히는 사례도 결코 드물지는 아니하다.

그래서 살아 있는 사람의 전기는 되도록 쓰지 않는 것이 상식이라고 한다. 같은 시대를 호흡하는 인물을 감정과 편견없이 평가하기란 거의 불가능한 일이기 때문이다.

그러나 한 인간이 죽고 백여 년의 세월이 흘렀는데도 계속 헤아릴 수 없이 많은 사람들의 존경의 대상이 되고 있다면 그는 필시 위인이라는 칭호를 받아도 무방한 인물이 아니겠는가?

물론 링컨에 대한 평가가 한결같을 수는 없다. 예나 지금이나 그의 사람됨을 혹평하며 지도자로서의 그의 업적을 과소평가하는 사람들도 없지 아니하다.

교양이 없고 야비하였다는 비난을 들어 마땅한 면도 있었던 것 같다. 처음부터 그는 교양을 앞세우는 상류사회와는 인연이 먼 사람이었다.

그 당시에도 대학 출신의 정치인이 수두룩했는데 그는 한 일 년 초등교육을 받았을 뿐, 대학의 문전에도 가본 일이 없었다.

슬리퍼를 신은 채 외국의 사신을 접견하기도 했고, 발도 숨을 쉬어야 한다면서 그럴 수 없는 자리에서 신발을 벗고 맨발로 서기도 했다.

노예해방 같은 중대한 문제를 논의하고자 모인 각료회의의 벽두에서도 우선 실없는 우스갯소리 한두 마디를 던지고나서야 개회를 하는 형편이니 근엄한 신사들이 좋게 받아들이기는 좀 어려웠을 것이다.

그는 또한 정치적 야욕을 위해 가차없이 권모술수를 구사한 이념없는 정상배의 일종이라는 비난도 없지는 않았다.

사실상 젊어서부터 정치라는 곡예를 익히며 성장한 정치인이지 '인격과 덕망'만으로 권력의 좌에 오른 사람은 결코 아니었다. 아내의 성화에 못 이겨 눈물을 머금고 대통령에 출마했다는 일설은 터무니없는 조작이다. 그는 대통령이 되기를 분명히 원했고, 그 목적에 도달하기 위해 확실하게 노력하였다. 그 과정에서 교활하다는 말을 들어 마땅한 처사도 없지는 아니하였다.

그는 노예해방자로 널리 알려져 있지만, 그가 진정 노예의 해방을 원했는지는 의심의 여지가 많다고 한다. 그의 노예해방 선언은 주로 정치적, 군사적 전략의 방편으로 취해진 것이지 쇠사슬에 묶인 흑인들을 풀어주려는 인도주의와는 거리가 멀었다는 주장에도 일리가 있다. 사실상 그 해방선언의 혜택을 입은 흑인 노예는 그 수가 극히 제한되어 있었기 때문이다.

그러나 한 인간이 죽은 지 백년이 지났는데도 끊임없이 그에 관한 연구가 쏟아져나와 5천 종을 헤아리는 단행본이 이미 출판되었다면 그 인물에 대한 역사의 판결은 어느 정도 확실하게 내려진 셈이 아닐까?

미국에만도 링컨에 관한 책이나 기념품을 기를 쓰고 수집하는 이른바 '링컨 팬'이 2백만 명은 족히 되리라고 하는데 세계 각처에 흩어져 있는 링컨 숭배자의 수를 다 합치면 실로 어마어마한 숫자가 될 것이다.

아직도 링컨의 이름은 정치적으로 이용할 만한 매력과 가치를 지니고 있는 것 같다. 그의 생일은 많은 주에서 공휴일로 되어 있고, 이날이 되면 표밭을 가꾸려는 정치꾼들이 으레 생일 축하 파티에 나가 그를 찬양하는 일장 연설을 하는 것이 관례이다.

1968년 선거 때만 해도 일리노이 스프링필드 공화당 당사에 걸린 현수막에는 '공화당에 투표하오, 링컨도 그리 했지요'라고 쓰여져 있었다. 이런 표어가 공화당인 닉슨을 대통령에 당선시키는 데 얼마나 큰 공헌을 하였는지는 의심스럽지만 링컨의 이름을 그렇게라도 이용해 보려고 애쓰는 정치인들의 심리가 흥미롭다.

단체나 기관, 회사, 호텔, 식당, 자동차, 택시 등등에 그의 이름이 붙어 있는 것은 부지기수요, 링컨 음료라는 것이 여섯 가지 각기 다른 맛으로 제조돼 나온다고 라디오는 광고를 되풀이하고 있다. 상표에 링컨 얼굴이 그려져 있음은 물론이다.

유명한 보석상 티파니는 매년 광고에 링컨 부인 사진을 게재하고 '티파니 보석으로 단장한 우리 고객 중에 가장 귀하신 한 분— 에이브라함 링컨 부인'이라는 설명을 붙여놓았다.

미국인의 상혼은 참으로 무서운 것이다. 책 제목에도 링컨이라는 이름이 붙어야 잘 팔린다고 한다. 그래서 남북전쟁에 관련된 상당한 수효의 책이 링컨을 업고 나온다. 〈링컨과 전시의 인물들〉〈링컨과 남북전쟁의 무기〉〈링컨과 남북전쟁의 노래〉 등등 헤아릴 수 없이 많다. 링컨의 대통령 당선을 위해 진력한 무명의 신문인의 전기의 제목이 〈링컨을 당선시킨 그 사람〉이라고 되어 있고 그를 암살한 존 윌크스 부스의 이야기는 〈링컨을 암살한 그 사람〉이라는 제목으로 나와 있다.

링컨광장, 링컨로(路)가 각처에 널려 있다. 물론 영국에 링컨이라는 고장이 있으니까 그 영향도 없지는 않겠으나 대부분은 링컨 대통령을 기념하기 위한 것이다. 미국 안에는 54개의 도시와 군이 링컨이란 이름을 지니고 있고, 링컨고원, 링컨바위, 링컨산도 심심치 않게 눈에 띈다.

 그래서 링컨시 링컨가에 있는 링컨호텔에 링컨을 타고 가 링컨침대에 누워 자고 일어나 링컨식당에서 링컨주스를 마시고 토스트에 링컨잼을 발라 먹은 후 링컨이발관에 가서 머리를 깎고 속이 좋지 않으면 링컨약국에서 약을 사가지고 링컨택시로 집에 돌아올 수 있다. 도중 링컨상점에 들러 아내에게 선물을 살 수도 있고, 현금이 아쉬우면 링컨은행에 가서 수표를 현금과 바꾸어 가지고 갈 수도 있다.

 링컨의 편지나 문서가 새로 발견되면 사회가 떠들썩할 정도로 일반의 관심이 크다. 링컨이 대통령에 출마했을 때 수염을 기를 것을 권면한 한 소녀의 짧은 편지가 경매에서 엄청난 값으로 팔린 사실을 기억하고 있다. 어디서든 링컨의 필적이나 사인이 있는 종이조각이라도 나타나면 그 물건을 손에 든 사람은 이미 팔자를 고쳤다고 하여도 과언이 아닐 것이다.

 링컨의 모습이 있는 동전을 수집하는 사람, 그와 관련 있는 우표를 수집하는 사람—. 물론 링컨동전협회도 있고 링컨우표협회도 있어 상당한 회원을 가지고 있을 뿐 아니라 정기간행물도 계속 내놓는 형편이다.

 한 인물에 대한 이 놀라운 애착과 정성은 과연 무엇을 의미하는 것일까? 5천 종의 책이 이미 출판되었음에도 불구하고 그에 관한 연구는 앞으로도 계속되리라는 것이 학자들의 공통된 의견이다.

미국 신문편집인협회가 1970년 연말에 실시한 '역사상에 가장 존경받는 사람' 뽑기 투표에서 최고 득점자는 물론 예수 그리스도였으나 차점자는 링컨이었다. 구세주로 경배되는 예수가 280표를 받은 사실은 별로 놀라울 것이 없으나, 정치가로서 생을 마친 링컨이 죽은 지 백여 년—백골도 진토되었을 1970년에 151표를 받은 사실은 정말 놀라운 것이다.

미국인이 링컨에 대해 품은 따뜻한 정은 지난 백년 동안에 조금도 식지 않았고 앞으로도 결코 식지는 않을 것이라고 한다.

링컨 숭배는 일종의 미국 종교로 화해버린 느낌도 없지 않다. 소위 링컨 연구의 권위자라는 사람들은 제사장의 직분을 맡아 '팬'이라는 이름의 무수한 신도를 거느리고 있으며, 그들은 매일 링컨을 생각하고 이야기하고 생활하는 것 같다.

미국의 저명한 목사 한 사람은 1931년의 무서운 경제공황 속에서 허덕이는 민중을 앞에 두고 링컨을 향해 부르짖었다.

"오! 링컨이여, 일어나소서! 일어나 우리로 하여금 그대의 주름잡힌 얼굴을 바라보게 하소서. 우리를 굽어보소서. 우리를 불쌍히 여기소서. 그대 게티스버그에서 말씀하신 대로 우리에게 말씀하소서. 그대 그 손 펴시어 미국이 이 세상 끝날 때까지 그대의 살아 있는 기념탑이 되도록, 운명을 개척하고 의무를 수행할 수 있는 길을 가르치소서. 오 링컨이여, 청동의 그 높은 자리에서 내려와 전진하소서!"

무슨 까닭으로 그는 '민족의 영웅'의 자리에서 일종 신앙의 대상으로까지 높임을 받게 되었을까? 그는 스스로 이렇게 말한 일이 있다.

"민중의 신뢰를 일단 상실하면 그들의 존경과 흠모를 되찾을 수는 없습니다. 모든 사람을 한동안 속이는 일은 가능합니다. 일부의 사람들을 언제까지나 속여먹을 수도 있습니다. 그러나 모든 사람을 언제까지나 속일 수는 없다는 말은 진리입니다."

그렇다면 언제까지나 지속되는 링컨에 대한 인류의 존경이 속임수에 의한 것이라고는 믿기 어렵다. 러시아의 문호 톨스토이는 링컨 탄생 백주년에 즈음하여 다음과 같은 말을 남겼다.

"역사상의 모든 위대한 국민적 영웅과 정치가 중에서 링컨만이 오로지 진정한 거인이다. 알렉산더, 프레드릭 대왕, 나폴레옹, 글래드스톤과 심지어 워싱턴조차도 인격의 크기, 감정의 깊이, 그리고 어떤 도덕적 박력에 있어서는 링컨에게 훨씬 뒤떨어진다. 링컨이야말로 한 국민 전체가 자랑할 만한 인물이었다. 그는 그리스도의 축소된 모습이며 인간성을 풍부히 지닌 성자였으니, 그의 이름은 오고 오는 시대의 전설 속에서 앞으로도 수천 년 동안 살아남을 것이다. 우리는 살아서 그의 위대함을 체험한 지가 아직 오래지 않아서 그의 뛰어난 능력을 올바로 파악하기가 어렵다. 그러나 앞으로 수백 년이 지나면 우리의 후손은 그를 지금보다는 훨씬 더 훌륭한 인물로 평가할 것이다. 그의 천품의 재능은 아직 보통 사람들이 이해하기에는 너무나 찬란하다—마치 태양의 직사광선이 우리 위에 떨어지면 너무 뜨거워

견디기 어려운 것처럼."

어찌하여 우리는 그를 위대한 인물이라고 우러러보는 것일까? 켄터키 산골의 초라한 통나무집에서 태어나 으리으리한 백악관의 주인이 되었다는 그 사실 때문일까? 아직도 세상의 많은 아버지 어머니가 어린 자식에게 '너도 자라서 링컨처럼 되라'고 가르치고 있다. 곤궁한 환경에서 몸을 일으켜 일국의 대통령이 된 그 눈부신 성공의 생애가 자식의 입신양명을 유일한 꿈으로 삼는 부모님들에게 황홀하게 느껴지는 것도 무리는 아니다.

그러나 그 당시 통나무집에서 태어난 사람이 결코 링컨만은 아니었고, 그런 역경에서 대통령이 된 사람도 또한 링컨만은 아니지 않은가? 19세기 초기에는 대부분의 개척자들이 통나무집에 살 수밖에 없었고 링컨의 가정환경이 이웃에 비해 그다지 나쁜 편도 아니었다.

그의 아버지 토마스는 링컨이 태어나기 전에 이미 켄터키에 30만 평 가까운 땅을 소유하고 있었고, 링컨이 다섯 살쯤 되던 어느 해의 기록을 보면, 한 마을 납세자 98명 중 토마스는 당당 15위를 차지하고 있다. 그래도 찢어지게 가난한 환경이었다 할 수 있을까?

그는 대통령으로 있으면서 남북전쟁이라는 거대한 파도를 헤쳐나갔고, 시인 휘트먼이 비통한 어조로 노래한 것처럼 무서운 항해는 끝나고 배는 무사히 항구에 다다랐는데 선장인 그는 그만 갑판 위에 쓰러지고 말았으니 그의 죽음 또한 극적이었다고 아니할 수 없다.

적당한 때에 죽는다는 것—한 인간을 돋보이게 하는 데 그것이 여간 중요한 요인이 아니다. 위대한 인물인 경우에 더욱 그렇지 아니한가? 만일 이승만 대통령이 6·25 전쟁중 수복한 서울 거리를 육군참모총장과 함께 지프를 타고 둘러보다가 패전한 적의 유탄을 맞고 쓰러졌다면 그는 필시 오늘도 대한민국의 아버지로, 민족의 영웅으로 전국민의 추앙의 대상이 되고 있을 것이다. 그의 동상도 각처에 수없이 세워졌을 것이다.

적시에 죽지 못하고 오래 살아서 늙은 애국자의 말로가 그토록 비참했던 것이 아니겠는가? 오래 살아서 욕심이 생기고 욕심 때문에 헌법을 고치고, 부정선거를 하고, 그래서 종당에는 밀려나고, 이미 세워졌던 동상마저도 헐리고 마는 비극의 주인공으로 전락했는지도 모른다. 그에 비하면 남북전쟁의 북군 총지휘관 에이브라함 링컨은 복있는 사람이었다. 죽음이 그의 역사상의 위치를 더욱 빛나게 한 것이다.

만일 그가 살아서 패망한 남부 재건의 새로운 시련을 감당해야 했다면 이른바 '링컨 신화'에는 상당한 가위질이 가해졌을지 모른다. 워낙 엄청나게 어렵고 힘든 과제가 아니었는가? 승리의 문턱에서 그가 제시한 남부 재건의 청사진은 이미 빗발치는 비난과 공격을 불러일으켰고, 그의 죽음으로 인해 그를 계승한 존슨 대통령은 다만 선임자의 재건안을 충실히 밀고 나가려

노력을 했을 뿐이지만 그것 때문에 하도 인기를 잃어 의회에 의
하여 탄핵을 당할 뻔하지 않았던가? 제때에 죽어 땅에 묻히는
사람은 복있는 사람이다!

그러나 링컨의 매력이 결코 그의 외형적 성공이나 비극적 종
말에만 있는 것은 아니다. 그의 매력은 실로 다양한 요소의 복
합과 조화로 이루어진 것이다.

우선 그의 얼굴을 한번 곰곰이 들여다보라! 미국 화폐의 가
장 작은 단위인 1센트짜리에 그의 초상이 새겨져 있고, 비교적
흔히 통용되는 5달러짜리 지폐에도 같은 모습이 그려져 있다.
조상의 얼굴은 기억도 못하는 사람들도 링컨의 얼굴만은 기억하
고 있을 것이다. 물론 그의 초상이 책이나 잡지에 하도 흔히 나
타나 있고 또 그의 동상도 곳곳에 서 있어 자연 익히 알게 되는
것도 사실이겠으나 그런 얼굴은 단 한번 보아도 평생 잊을 수 없
는 독특한 얼굴이다.

우선 번듯한 이마에는 깊은 주름이 자유롭게 금을 그었고 묘
하게 빛나는 크지도 않은 두 눈이 무성한 눈썹 밑에 깊숙이 자리
잡고 있다. 그 눈은 때로 익살스러워 보이기도 하고 때로는 분
노에 젖기도 하나, 평상시에는 잔잔하고 맑은 호수 같아 그 깊
이를 헤아릴 수 없다.

곧게 뻗은 코는 크고 육중하지만 잘 정돈되어 있어 이 코의 주
인이 어떤 사회 어떤 계층에도 두려움 없이 접근할 수 있는 의젓
하고 당당한 기질의 소유자임을 말하여준다.

　그 코에서 적당하게 늘어진 밑에 얌전하게 다문 입이 그의 복잡한 성격을 암시하고 있다. 아랫입술이 윗입술의 상당한 부분을 필요 이상으로 덮어 주고 있는 사실에서 우리는 그의 비밀스런 성품을 짐작할 수 있다. 음탕 호색의 가능성도 없지는 않았을 것이다.

　그러나 이 입의 소유자는 철두철미 비밀을 지킬 것이다. 자기 비밀뿐 아니라 남의 비밀까지도 철저하게 지켜줄 사람임은 의심할 바 없다. 사실 아무도 그의 마음속을 알아내지는 못하였다. 그는 자기의 소신이나 복안을 자루 속에 묶어 두고 그 끈을 끄르려고 하지 않았기 때문에 오해를 받은 일도 적지 않았다.

　늦주걱 같은 커다란 귀. 만일 총에 맞지만 않았다면 그는 장수하였을 것이다. 사실은 지성미 없이 늘어진 이 두 쪽의 귀가 그의 복잡한 얼굴에 커다란 조화를 이루어주고 있다. 두드러진 광대뼈, 멋대로 빗어젖힌 거친 머리와 자유로운 턱수염이 모두 늦주걱 같은 두 귀로 정돈, 조화되어 그의 얼굴은 장관을 이루고 있다. 마흔이 넘으면 사람은 자기의 얼굴에 대하여 책임을 져야 한다고 한 링컨 자신의 말은 무엇을 의미하는가? 그의 얼굴은 과연 그 자신의 작품이라고 하는 말에도 일리가 있다. 타고난 소재를 가지고 그는 56년 동안 꾸준히 깎고 다듬어 이 작품을 완성하였을 것이다.

　과연 독특한 얼굴이다. 그래서 그를 처음 만났던 〈런던 타임즈〉의 기자는 이렇게 말했는지도 모른다.

"아무리 무관심한 사람일지라도 길거리에서 그를 보고 그냥 지나칠 수는 없을겁니다."

그의 얼굴이 '다양성 속의 일관성'을 상징하기 때문에 그는 갖가지 모순당착되는 풍문의 주인공이기도 하다. 그는 평생에 오직 한 사람의 여인을 사랑했는데, 그 여인이 결코 그의 아내는 아니었다는 말이 있는가 하면, 그는 오로지 자기 아내에게만 몸과 맘을 바치고 꼼짝도 못했다는 일종의 공처가 설도 있다. 그의 아내는 천사였다는 설이 있는가 하면 그의 아내는 악처였다는 설도 있다. 그는 타고난 정치인이었다고도 하고 그는 중요한 문제에 있어 완전히 정치력을 행사하지 못한 사람이라고도 한다. 그는 확고한 신앙의 소유자였다고도 하고 그는 전혀 신심이 없는 무신론자였다고도 한다.

그의 얼굴에 나타난 이 모든 모순된 표정은 또 하나의 승화된 호소력으로 조화된다. 그의 얼굴은 우리들의 동정을 애원한다. 그것이 그를 다른, 소위 권력의 화신들과 구별하는 점이다. 폭군, 독재자들뿐 아니라 대부분의 지배자는 항상 힘을 과시하면서 혹시 민중이 자기를 얕잡지나 않을까 전전긍긍하고 있는데 링컨은 그 표정으로 민중의 동정과 협력을 탄원한다. '제발 좀 봐주세요. 당신의 도움이 없으면 나는 아무 일도 할 수가 없는 무력한 사람입니다'—이렇게 그 얼굴은 부단히 호소하고 있는 것이다. 그것이 얼마나 놀라운 매력의 원천인가?

그는 힘있는 사람이어서 좋다. 여섯 자 네 치나 되는 크고 여윈 몸집이었으나 불필요한 살이란 한점도 없는 굵은 뼈와 강한 힘줄과 단단한 근육으로 엮어진 강인한 체구의 소유자였다. 그가 젊은 시절을 보낸 일리노이 뉴세일럼에는 레슬링으로 그를 당할 청년이 없었다고 한다. 무거운 짐은 힘있는 사람만이 지고 가는 것이다.

그는 육체적 힘만이 뛰어났던 것은 아니다. 그는 지능지수에 있어서도 탁월한 사람이었다. 공부를 못했으니 무식한 사람이려니 생각하면 커다란 오해다(그의 생전에도 그 주변에는 그를 무식하다고 깔보는 친구들이 적지 않게 있었다).

학교 교육만이 사람을 유식하고 지혜롭게 만드는 것은 아니다. 학교는 어린 마음에다 경쟁심만 심어주고 타고난 재능을 여유있게 발전시킬 기회를 박탈하는 면도 있다. 그래서 옹졸해지고 남을 용납하는 너그러운 사람이 되지 못하고 남에게 용납되기를 바라는 소인이 되고 만다. 경쟁을 통한 성장에는 한계가 있다.

링컨은 자기의 힘으로 자기를 교육하였다. 책의 수효가 극히 한정돼 있던 그 시대의 변경인지라 책을 구하기가 여간 어려운 일이 아니었으나, 그가 살던 마을에 인근 사방 어디서나 빌려 볼 수 있는 책은 다 빌려 보았다는 말도 있다. 자기에게 책을 빌려주는 사람처럼 고마운 사람은 없었다는 그의 술회는 그런 풍문을 뒷받침해 주는 것이다.

그는 영어 문법을 통달하였고 언어 구사에 있어 놀라운 천재를 드러냈다. 어렸을 때부터 자기가 모르는 말을 남이 하는 것을 들었을 때에는 참으로 견디기 어려울 정도로 마음이 괴로워 그 말의 뜻을 알아내고 나서야 비로소 마음의 평화를 얻었다고 고백한 일이 있다.

그가 대통령으로 당선되어 취임식에 참석코자 정든 스프링필드를 떠날 때 남긴 짧은 고별사는 참으로 감동적인 훌륭한 문장이다. 남북전쟁의 격전장이던 게티스버그에서 전사한 장병들을 위한 묘지 봉헌식 석상에서의 저 유명한 연설은 아직도 중·고등학교의 작문교본이다. '인민의, 인민에 의한, 인민을 위한 정부는 영원히 지구상에서 멸망치 않으리라'는 민주사상의 그 간결한 표현도 놀랍지만 그 연설 자체가 명문 중의 명문이라 하겠다. 그 공동묘지 입구에는 연설 기념비가 세워져 있는데 아마도 2, 3분에 끝났을 짤막한 한토막의 연설을 위해서 아름다운 기념비가 세워진 일은 동서고금 어디서도 그 유례를 찾아볼 수 없을 것이다.

제1차 대통령 취임 연설에서 "이 나라는 그 모든 기구, 제도와 함께 모두 이 땅에 거주하는 인민의 것입니다. 언제나 백성이 현 정부에 대하여 염증을 느끼게 되면 그들의 헌법상의 권한을 행사하여 그 헌법을 고칠 수도 있고 또는 혁명권을 행사하여 그 정부를 해체 내지 타도할 수도 있습니다"라고 하였을 때 우리는 그의 논리의 명석함에 감탄하며, 제2차 대통령 취임식 연설을 '아무에게도 악의를 품지 말고 만인을 사랑으로'라고 끝맺었을 때, 그 문장 전체에는 일종의 경건함이 흐르고 있음을 느끼게 된다.

육체와 정신의 힘을 탁월하게 지녔으면서도 그는 그 힘을 항상 옳게 행사할 수 있는 도덕적, 윤리적 견제력을 풍부히 가지고 있어서 다행이었다. 체력도 지력도 금력도 권력도 힘이라는 점에서는 다 마찬가지다. 옳게 쓰이면 다 좋은 것이다. 잘못 쓰이면 모두가 불행하게 된다. 그러나 인류 역사에는 많은 사람의 행복을 위해 힘을 옳게 활용한 사람보다는 그 힘을 자기 자신이나 또는 자기를 추종하는 극소수의 이익을 위해 남용하고 악용한 사람이 너무 많았던 것 같다. 중공의 모택동은 '모든 권력은 총구에서부터 나온다'고 잘라 말함으로써, 권력은 본질적으로 폭력에 기초한 것임을 밝혔거니와 러시아혁명을 지휘한 레닌은 '국가란 폭력을 행사하기 위한 기구'라고 하여, 이 두 사람의 주장에는 일맥 상통하는 바가 있음을 깨달을 수 있다. 그러나 폭력 위에 이룩한 질서나 평화가 과연 얼마나 지속될 수 있느냐가 항상 문제인 것이다.

권력을 추구하여 그 권력을 쟁취하였다는 점에서는 레닌이나 링컨이나 다를 바가 없었다. 두 사람은 다 혁명이니 전쟁이니 하는 혼란의 소용돌이 속에서 폭군이 될 수 있는 충분한 여건을 갖추고 있었다. 한 사람은 독재를 감행하였다. 한 사람은 독재를 사양하였다. 물론 링컨도 전쟁 중에 폭군이라는 비난을 받은 일도 없지는 않지만 그것은 그의 정적들의 비난일 뿐 헌법이 규

정한 권한의 테두리를 벗어나서까지 강권을 발동할 생각은 전혀
없었다.

그의 철학과 인생관이 그런 탈선을 용납하지 않았던 것이다.
"나는 내가 남의 노예 되기를 원치 않는 것과 같이 내가 남을 지
배하는 자리에 서기를 원치 않습니다. 이 말이 나의 민주주의
이념의 표현입니다. 무엇이든 이 이념에서 거리가 멀면 먼 만큼
민주주의와는 거리가 먼 것입니다"—이런 신념으로 사는 사람
이 독재자가 될 수는 없는 것이다.

그는 사람을 살리고 싶어했다. 전쟁 중 군의 기강이 무너진다
고 야단하는 지휘관들의 반대를 무릅쓰고 그는 많은 탈영자, 근
무태만자를 특사로 살려주었다.

'우리 장군들 중에는 내가 특사나 집행유예로 군대 내의 규율
과 복종을 저해한다고 비난하는 사람도 있습니다. 그러나 종일
고된 일을 치르고 나서, 만일 어떤 사람의 생명을 구해 줄 좋은
구실을 찾아낼 수 있을 때 한결 내 마음이 안식을 얻습니다. 내
가 내 이름을 사인한 사실이 그 탈영병과 그의 가족과 친지들을
얼마나 즐겁게 만들었을까 생각하면서 행복한 마음으로 잠자리
에 듭니다'라고 한 그의 술회 속에서 한 위대한 지도자의 참모
습을 볼 수 있다.

이 사람은 어떤 의미에서 어린아이의 순진함과 선량함을 그대
로 지니고, 파란 중첩한 일생을 살고 간 독특한 인물이기도 하
다. 물론 단순함이 얼마나 전략상 유리한가를 똑똑히 파악하고

있을 정도로 복잡한 성격이긴 했지만, 이 천진난만함 또한 진짜요 결코 위장이나 가식이 아니었으니 감탄할 만하다.

"언제 죽더라도 나를 잘 아는 이들이 나를 두고 이 말을 해주었으면 합니다. 나는 언제나 꽃이 자랄 만한 곳에는 엉겅퀴를 뽑고 꽃을 심었다는 사실을."

엉겅퀴를 뽑고 거기 꽃을 심기 원하던 한 선량한 농군의 아들이 권력의 정상에 올랐다는 사실이 참으로 신화 같은 이야기다.

그는 스물세 살에 주 의회 의원으로 입후보하였을 때—물론 낙선하고 말았지만—선거전단에서 이렇게 말했다.

"나는 젊고 또 내가 누군지 아는 분도 많지 못합니다. 나는 삶의 가장 미천한 곳에서 태어나 여지껏 거기 머물러 있습니다. 나를 천거해 줄 만한 부유하거나 명망있는 친척도 없습니다… 뽑아 주신다면, 여러분은 저에게 커다란 호의를 베푸시는 셈이고 나는 그 호의에 보답코자 최선의 노력을 다하겠습니다. 그러나 만일 착하신 어른들께서 지혜롭게 판단하시어 나를 뒷전에 그냥 두는 것이 마땅하다고 여기신다 하여도 상심하지는 않을겜니다. 나는 이미 너무 많은 실망을 겪어본 경험이 있기 때문입니다."

정치에 뜻을 두는 젊은 사람들이 이런 식으로 선거에 임하고, 이런 방법으로 민중에 접근한다면 그 나라는 반드시 민주적 앞날을 기약할 수도 있는 일이 아니겠는가? "나에게 투표하시오. 나 아니면 나라가 망합니다"라고 팻대를 올려 떠들어대지를 말고 "내게 투표해 주시면 고맙고 내게 표를 주지 않으셔도 고마운 마음에야 무슨 변함이 있겠습니까"라고 공직을 노리는 사람들이 민중 앞에 겸손히 고개를 숙여야 우리도 민주주의를 할 수 있는 것이다.

그렇다. 링컨은 비범함을 타고난 사람이었고 그 비범한 재능을 올바로 가꾸어 대성의 터전을 마련하였을 뿐 아니라, 큰 그릇이 필요한 시대에 태어나 큰 그릇 노릇을 훌륭하게 하고 간 사람이었다. 사람이 시대를 만든다고도 하지만 때를 만나지 못하였기 때문에 값진 재능을 낭비하고 가는 사람도 허다하게 있는 것은 사실이다.

프랑스혁명이 나폴레옹을 세기의 영웅으로 만들었듯이, 미국의 남북전쟁이 링컨을 역사상의 가장 위대한 정치가 중의 한 사람으로 키운 것이나 다름없다. 노예제도를 용인하는 남부와 노예제도를 거부하는 북부와의 오랜 갈등과 긴장이 그에게 어떤 사명감을 부여하였고, 어쩔 수 없는 남북의 분쟁 속에서 그는 희대의 거인으로 성장한 것이다.

만일 링컨이 북부 일리노이 출신이 아니고 버지니아에 생활 근거를 가진 남부의 지도자였다면 그가 아무리 유능한 인물이었다 하더라도 역사는 그에게 그런 중책을 맡기지 않았을 것이고 따라서 '가장 위대한 미국인'이라는 칭호도 받지 못했을 것이 분명하다.

그렇다면, 운명이라고도 하고 섭리라고도 부르는 알 수 없는 힘에 의해서 링컨이 링컨으로 대성한 사실은 의심의 여지가 없다. 역사는 사람이 만드는 것이기는 하지만 사람의 힘만 가지고 역사가 엮어지지 않는 것 또한 사실이다. 역사는 신비주의를 배격하지만, 절대자의 개입을 배제하고 역사를 올바르게 설명할 수도 없을 것이며 적어도 유물사관만 가지고는 링컨의 일생을 제대로 이해하지 못할 것이다.

그를 진정 비범하게 만든 천부의 능력을 한마디로 하면 무엇이라 할 수 있을까? 헤겔이 말한 대로 '세계사는 정신적 지반 위에서 이루어지는 것'이라면 그가 세계사에 남기고 간 가장 큰 정신적 유산은 무엇일까?

우리는 그것이 '무한히 정직할 수 있었던 능력'이라고 생각한다. 어려서부터 '정직한 에이브'로 통하던 링컨은 삶의 어느 시간 어느 처소에서나 소박한 그 정직함을 끝내 유지할 수 있었다. 그의 인격의 최대의 매력이 바로 이것이며 이 사실은 서구 정치사상에 있어서 하나의 기적이라 하여도 지나친 말은 아닐 것이다. 요순을 숭상하는 동양의 도덕정치와는 달리—이제는 그 전통도 무너진 지 오래지만— 마키아벨리에 연원을 둔 서양의 정치는 도덕을 정치에서 분리한 지 오래이기 때문이다. 정직한 정치의 가능성을 서구인에게 제시했다는 점에서 그의 역사상의 위치가 특이한 것이다. 통나무 서당에서 글공부를 하던 때뿐 아니라 막일을 하고, 상점의 점원 노릇을 하고, 변호사 일을 보고, 주 의회에서 또는 하원에서 이른바 정치의 탁류를 헤치던 때에도 그는 일관하여 정직할 수 있었다는 것은 실로 놀라운 사실이다.

그뿐인가! 남과 북이 갈리고, 보수와 극단이 맞서 형제가 형제를 찔러 피가 강처럼 흐르던 그 무서운 수라장 속에서 그는 어쩌면 그렇게도 맑고 가라앉은 정신을 가지고 끝까지 정직을 고수할 수 있었단 말인가?

하늘이 주는 단비와 햇볕으로 농사짓는 인디애나의 농부가 정직하기는 과히 어렵지 않을는지 모른다. 그러나 수천 수만의 모략꾼, 협잡꾼, 사기꾼을 상대해야 하는 정치인이 정직하기란 심히 어려운 일일 것이다. 배를 만져주면서 등에 칼을 꽂고, 웃는 낯으로 독약을 타서 권하는 정치의 뒷골목에서도 그는 어쩌면 그렇게 건강하게 정직할 수 있었을까?

확실한 정책이 없다는 빗발치는 비난 속에서 "정책이 없는 것이 내 정책이오"라고 솔직하게 자백하였을 뿐 아니라 "내가 사건들을 어거해 왔다고는 주장할 수 없습니다. 솔직히 고백한다면 사건들이 나를 어거해 온 것이지요"라고 담담하게 미소짓는 그의 얼굴을 한번 상상하여 보라. 울 수가 없어서 웃는 게 아니냐고 말하던 그의 심정도 이해할 수 있을 것 같다.

정치에 있어서도 정직함이 무한한 힘이 될 수 있다는 '불가능한 가능성'을 우리는 링컨에게서 배운다. 이러한 정직한 바탕에서 지혜가 생기고 용기가 솟을 때, 그는 비로소 민중 앞에 참된 지도자로 설 수 있는 것이다. 칼라일의 말대로 모든 인간은 어디서나 충심으로 '나에게 지도자를 주소서' 하는 간절한 기도를 올리고 있는데 그런 기도의 응답이 링컨과 같은 지도자의 출현 인 것이다.

마음이 깨끗한 사람은 복이 있다.
그들이 하느님을 볼 것이다.

정직한 사람만이 절대를 의식하고 하늘을 상대하여 사는 것이 다. 정직한 사람이 다 역사에 이름을 남기게 되는 것은 아니다. 이름 없이 살다 이름 없이 가는 정직한 사람도 많이 있을 것이 다. 그것은 그리 중요한 문제가 아니다. 링컨의 삶과 죽음을 통 해서 우리가 밝히 깨닫는 사실은 정직한 사람만이 역사상에 진 정 위대한 인물로 남는다는 것이다. 링컨의 최대의 매력은 이 사실을 항시 느끼게 하는 데 있다. 우리도 다 정직하게 살기를 바라고 있다. 인간의 가슴속에서 그 소망의 등불이 꺼지지 않는 한 링컨의 이야기는 계속 우리의 감격을 자아낼 것이다.
어떤 무명의 시인이 이렇게 노래하였다.

그렇소, 당신의 이야기 나도 잘 알죠. 나도 그 이야기의 일 부인 것을.
나도 당신의 일부라오, 에이브 링컨.
나 당신의 그림자를 밟으며 갑니다.

당신의 짐을, 당신의 꿈을 넘어
멀리 뻗어가는 길고도 느린 당신의 그림자를.

제2장
통나무집에서

　나브 크리크에서의 생활은 링컨의 생
애에 적지 않은 영향을 미쳤을 것이다.
누더기 같은 허름한 옷 한 벌에 번번이
맨발로 다녔지만 그 아름답고 고상한
자연환경은 그의 정신과 혼에 무언가
아름답고 고상한 것을 심어주었으리라.

통나무집에서

공화당 내의 유력자들이 1860년에 있을 대통령 선거에 대비하여 이미 후보감을 물색 중이던 1858년 겨울, 일리노이 블루밍턴의 유지 제스 펠은 링컨에게 공화당 대통령 후보가 될 것을 신중히 고려해 보라고 당부하면서 선전용으로 쓰일 만한 짧은 자서전을 하나 써달라고 부탁하였다. 그 일이 있은 후 일년이 지나서 링컨은 짤막한 편지 한 장과 함께 다음과 같은 글을 펠에게 적어 보냈다.

"부탁하신 대로 저의 간단한 약력을 적었습니다. 대단한 내용이 없는 까닭은 아마도 저 자신이 대단한 사람이 못되기 때문이겠지요.

이것을 가지고 어떻게 활용을 하시든지 간에 과장이 없고 사실보다 늘여놓는 일도 없기를 바랍니다. 제가 강연한 것 중에서 뽑아 쓰실 것이 있어서 그렇게 하신다 하여도 저로서는 아무런 이의가 없겠습니다. 물론 저 자신의 손으로 쓴 것처럼 되지는 않아야 되겠습니다.

나는 1809년 2월 12일, 켄터키 하딘 카운티에서 출생했습니다. 내 부모님은 두 분 다 버지니아 출신입니다. 문벌은 대단치 않았습니다. 아마 이류의 가문이라고 해야 옳겠지요. 내 어머니는 내가 열 살 되던 해 돌아가셨습니다마는 행크스라는 성씨였고 친척들은 현재 일리노이의 아담스나 메이큰 카운티에 거주하고 있습니다. 나의 친할아버지 에이브라함 링컨은 버지니아 라킹햄 카운티에서 1781, 2년경 켄터키로 이주하였고 1, 2년 후에는 인디언들에 의해 살해되었습니다. 전투 중에가 아니고 숲속에서 밭일을 하시다가 그런 변을 당하신 것입니다. 할아버님의 조상은 퀘이커 교도들로 펜실베이니아 버크스 카운티에서 버지니아로 갔습니다. 그 조상들이 성씨가 같은 뉴잉글랜드의 가문과 동일한가 밝혀보려고 노력을 했으나 이늑, 리바이, 모데카이, 솔로몬, 에이브라함 등등 기독교식 이름에 유사함이 있다는 것 외에는 아무런 뚜렷한 것을 찾아내지 못하고 말았습니다.

할아버지께서 별세하실 때 나의 아버님은 겨우 여섯 살밖에 안되어 문자 그대로 교육은 못 받고 자라나셨습니다. 내가 여덟 살 되던 해 아버지는 켄터키로부터 현재 인디애나의 스펜서 카운티라는 곳으로 이주하셨습니다. 인디애나가 유니온에 가입되던 무렵, 우리는 새 집으로 이사간 것입니다. 그때에는 거기가 아직 황막한 지역이어서 숲속에는 곰이나 기타 들짐승이 많았습니다. 거기서 나는 자랐습니다. 그곳에 소위 학교라고 하는 것이 몇 있었습니다마는, 선생의 자격이 읽고 쓰기, 셈하기나 알고 비례식이나 푸는 정도면 충분했습니다. 만일 라틴어라도 아는 것 같은 엉뚱한 사람이 어쩌다 동리에 와서 살게 되면, 우리는 그를 마술사처럼 우러러보았습니다. 교육에 대한 열의를 자극할 만한 것은 우리 고장엔 전혀 없었습니다. 물론 철이 들 만한 나이가 되었어도 나는 아는 것이 많지 못했습니다. 그러나 이럭저럭 나는 읽고 쓰고 셈하고, 비례식 정도는 풀 줄을 알고 있었습니다마는 교육이란 그것뿐이었습니다. 그 후에는 학교에 다녀본 일이 없습니다. 현재, 교육의 밑천이 좀 늘어난 것이 있다면 수시로 필요에 못 이겨 주워모은 것뿐입니다.

나는 어려서부터 농삿일을 배우며 자랐습니다. 그리고 22세까지는 농삿일을 했습니다. 20세에 나는 일리노이로 왔는데, 첫해는 일리노이의 메이큰 카운티에서 지냈습니다. 그리고는 그 당시는 생가몬 카운티에 있다가 지금은 메나드 카운티에 편입된 뉴세일럼에 가서 1년 동안 상점에서 일종의 점원처럼 있었습니다. 그러나 블랙 호크 전쟁이 일어나 나는 의용군의 대장으로 뽑혔습니다. 그 사실은 지금까지 내가 살면서 경험한 중에 제일 큰 기쁨을 안겨주는 성공이었습니다. 나는 전장에 나갔고, 우쭐

했었고, 그 같은 해(1832)에 주 의회에 출마했다가 낙선했습니다. 여태까지 내가 민중의 손으로 패배된 것은 그 한번뿐입니다. 그 다음번은 물론, 그 후에도 계속 세 차례나 2년마다 있는 주 의회 선거에 당선되었습니다. 그 후에는 나는 출마하지 않았습니다. 이 의원생활 중에 나는 법률을 공부하여 개업하기 위해 스프링필드로 옮겨갔습니다. 1846년 국회 하원에 당선됐으나 재선 후보는 아니었습니다. 1849년부터 1854년까지 줄곧, 다른 어느 때보다도 열심히 변호사 일을 보았습니다. 항상 정치에는 휘그당원으로 대체 휘그 공천 후보로서 선거전에 활약을 했습니다. 나는 정치에 흥미를 잃었습니다마는, 〈미조리 타협〉(1820년 3월 8일 북위 36도 30분 이북의 지역에서는 노예제도를 금지하기로 국회에서 채택한 것—주)의 폐기를 계기로 다시 분발하게 되었습니다. 그 후에 내가 한 일은 어지간히 잘 알려져 있습니다.

나의 신체적 상황의 묘사가 필요하다면 이렇게 말할 수 있겠습니다. 여섯 자 네 치의 큰 키에 몸은 여위고 체중은 평균잡아 180 파운드이며 피부 빛깔은 캄캄한 편이고 거친 흑발에 눈은 잿빛입니다. 다른 특징은 생각나지 않습니다.”

1859년 12월 20일의 에이브라함 링컨은 자기 소개를 이 이상 하려고 하지도 않았다. 만일 누군가가 그의 이러한 정신에 입각해 그 후로부터 1865년 4월 15일까지의 그의 이력을 보충한다면, “나는 1860년 공화당의 대통령 후보가 되어 그 해의 선거에서 대통령으로 당선이 되었습니다. 1861년 대통령에 취임하고 얼마 안 있어 남북전쟁이 일어나 나는 4년 동안 하루도 편한 잠을 못 잤습니다. 1864년 선거에서 재선의 영광을 차지했으나 취임한 지 한달 열흘 만인 1865년 4월 14일, 포드 극장에서 총에 맞아 쓰러지면서 영영 의식을 잃었습니다."

그는 조선왕조의 순조 9년, 함흥에는 큰 불이 나고 나폴레옹은 황후 조세핀과 이혼하던 그 해, 1809년 2월 12일 새벽, 켄터키 산골의 통나무 오막집에서 태어났다. 아버지는 토마스, 어머니는 낸시, 손위로 누이 새라가 있었을 뿐.

켄터키의 제일 큰 도시 루이빌에서 버스를 타고 남으로 한 시간 가량 흔들리다 보면 우뚝 솟은 산이 앞을 가로막는다. 이것이 유명한 '멀드라프 고개'— 문경새재나 설악산의 한계령을 연상케 하는 가파르고 험한 고개다. 강도나 불한당을 만날 만도 한 으슥한 곳이기도 하다.

골짜기의 물은 맑고 빠른데 이 고개를 굽이굽이 돌며 아슬아슬한 기분으로 산을 넘으면 뜻밖에도 평화로운 땅이 눈앞에 전개된다. 여기 하젠빌이라는 마을이 자리잡고 있고 그 마을 한가운데 링컨의 동상이 서 있다. 그의 생가가 멀지 않은 것이다.

풍수지리에 익숙한 사람은 이 지역을 보고 무어라 할는지 모르나 험한 것과 순한 것, 사나운 것과 부드러운 것, 강한 것과 약한 것이 묘하게 잘 조화를 이루고 있다는 느낌을 갖게 하는 지형이다.

태어난 고장의 지리적 환경이 사람의 성격에도 무슨 영향을 미치는 것일까?

시인 샌드버그가 링컨을 가리켜 '강철과 비단의 인간'이라고 부른 데는 상당한 근거가 있다. 그는 결코 순하고 부드럽고 약한 사람만은 아니었다. 그런 일면이 없던 것은 아니지만 그에게 또 다른 한 면이 있었다. 그가 때로는 사납고 강하고 굳은 사람이었음을 아무도 부인하지 못할 것이다. 산세와 지세의 영향 때문일까?

열여덟 자, 열여섯 자에 문은 하나, 창도 하나뿐인 이 보잘것없는 통나무집이 이미 반세기 동안 으리으리한 대리석의 희랍식 사당 안에 안치되어 있다. 독지가들의 헌금으로 1916년 완공된 이 건물은 계란 한 꾸러미가 10센트 안팎으로 매매되던 시절에 무려 30만 달러의 막대한 공사비와, 당대 최고의 기술진을 동원하여 건립되었다고 한다. 그 부모가 이 사실을 미리 알았다면 얼마나 깜짝 놀랐을까? 사람의 팔자란 알 수 없는 것이다. 링컨 자신은 자기가 혹시 사생아가 아닌가 걱정했다고 하지만 터무니없는 소리다. 합법적이고 건실하고 정직한 부모 밑에 태어난 사실은 이제 의심의 여지가 없다.

아버지 토마스나 어머니 낸시가 남달리 유능하고 특출한 인물이었다고 내세울 만한 근거는 하나도 없다. 극히 평범한 사람들이었으리라. 링컨 자신은 몰랐지만 그의 선조는 17세기 초기에 영국에서 신대륙으로 이주하여 매사추세츠로, 뉴저지로, 펜실베이니아로, 버지니아로 전전하면서 개척자의 신산고초를 다겪었으나 항상 떳떳하게 살아왔고, 살림도 남부럽지 않게 넉넉한 편이었다.

18세기 말엽, 토마스의 아버지 즉 우리 이야기의 주인공의 할아버지 때에 켄터키로 왔는데, 그 당시는 개척자들과 인디언들 사이에 피비린내 나는 싸움이 끊임없이 일어났다.

자서전에도 언급된 것처럼 그의 할아버지는 인디언에게 피습되어 목숨을 잃었다고 한다. 그래서 토마스는 어려서 아버지를 여의고 제대로 교육도 못 받은 채 고생에 고생을 거듭하였다.

흔히 링컨의 아버지를 무능하고 무기력하고 게으른 사람으로 알고 있지만 사실과는 거리가 멀다. 서른이 가깝도록 장가도 못 들고, 떠돌이처럼 켄터키에서 인디애나로, 인디애나에서 일리노이로 식구들을 거느리고 다니며 고생만 시킨 그를 성공한 사람이라고 보기는 어렵지만, 그의 실패가 그 개인의 책임만은 아니었고, 더 잘살아 보려던 그의 노력이 점점 살림을 어렵게 만들었을 뿐이다.

그러나 결혼 당시만 해도 30만 평 가까운 땅을 소유하고 있었고, 한때는 말을 네 필이나 가졌으며, 남의 동전 한푼 빚을 지고 버려둔 일이 없던 그를 무능하고 게으른 사람이었다고 보기는 어렵다. 그뿐인가. 앞서 지적한 대로, 링컨이 다섯 살 되던 해의 납세대장을 보면 거기 이름이 올라 있는 사람이 98명인데 그의 아버지의 재산세 순위는 15위다. 그 당시 그 지경에서는 결코 가난한 사람도 아니었다.

토마스는 물론 무식하였고 자기 이름 석자를 겨우 그려놓는 정도였으며 어머니 낸시는 그것조차 할 수 없던 문맹이어서, 사인을 해야 할 곳에 ✕자를 그어 책임을 면하는 형편이었다. 그러나 건강한 젊은 부부였고, 추위와 굶주림을 극복하며 인디언과 맹수의 위험 속에서 살고자 용전분투하던 씩씩한 개척자들이었다. 링컨이 만일 아홉 살이라는 어린 나이에 어머니를 잃고 계모 슬하에서 자라나는 비극만 없었다면 죽는 날까지 그를 괴롭히던 일종의 우울증이 많이 해소되었을지도 모른다.

그런 불행밖에는 이렇다고 꼬집을 만한 기복이 없는, 지극히 평범한 환경에서 태어난 그는 평범하게 성장한 것이다. '개천에서 용이 났다'는 속담에 흥미를 느끼는 사람들이 그의 출생과 어린 시절을 두고 '한심하던 부모'와 '어쩔 수 없던 가난' 등을 항상 과장하여 선전했던 것뿐이다.

링컨이 두 살 되던 해, 그의 아버지는 식구들을 이끌고 그곳으로부터 동북으로 40, 50리 떨어진 곳에 새로 장만한 농토로 이사를 갔다. 나브 크리크에 세워진 새 집도 링컨의 생가나 다름없이 초라한 오두막집이었다. 여기서 다섯 해를 살았다.

그 집 가까이 시냇물이 흐르고 장마가 지면 물이 붙어, 때로는 물결이 사납게 날뛰기도 했는데, 어린 링컨은 동무 한 사람과 장난치다 그만 그 탁류에 빠진 일이 있었다고 한다. 다행히도 몇 살 더 먹은 그 친구가 슬기롭고 용감한 아이여서 링컨을 건져주었다. 그 소년의 이름은 오스틴 골래허. 역사에 이름이 남는 길도 여러 가지 있다. 그는 위인의 목숨을 구해 주었기 때문에 역사책에 이름이 남게 된 셈이다.

차차 뼈마디가 굵어지면서 소년 링컨은 나무베고 농사짓는 일도 배워야 했고 '에이·비·시(ABC)'도 익혀야 했다. 학교가 가까이 있는 것도 아니었고 또 시설이라야 창문도 없는 통나무집에 바닥은 흙이었다. 옛날의 우리나라 서당을 연상하면 좋을 것이다. 그것만도 못했을지 모른다. 하도 길이 멀고 험해서 추운 계절, 궂은 날씨에는 애들이 학교에 갈 수도 없었다. 그래 일년에 겨우 서너 달밖에 수업을 하지 못하는 실정이었다. 이런 상황에서 모두 일년 가량의 소위 학교 교육을 받았다고 한다. 교과 내용이라야 자신의 말대로 '읽기, 쓰기, 셈하기' 정도.

그러나 나브 크리크에서의 생활은 링컨의 생애에 적지 않은 영향을 미쳤을 것이다. 누더기 같은 허름한 옷 한 벌에 번번이 맨발로 다녔지만 그 아름답고 고상한 자연환경은 그의 정신과 혼에 무언가 아름답고 고상한 것을 심어주었으리라. 험준한 바위에 둘러싸인 이 고장에는 아직도 거목이 무성하고, 농장 기슭을 흐르는 시냇물은 맑고 깨끗하여 그 밑에 깔린 조약돌이 손바닥에 놓인 듯 뚜렷하게 보인다.

공해에 시달리는 도시보다는 위인에게 어울리는 고향은 역시 아름다운 자연이다. 그 품속에서 마음껏 꿈을 키워야 한다. 과

학자 아인슈타인도 '꿈은 지식보다 더 중요한 것'이라고 하지 않았는가?

링컨의 아버지는 켄터키의 그의 농토에 관한 법적 소유권 문제가 까다롭게 얽히어 골치 아프게 되자 다시 식구들을 거느리고 5년이나 공들였던 켄터키의 옛집을 등지게 된 것이다. 개척자의 정신이었다. 땅을 가지고 남과 다투느니보다는 아직도 서쪽으로 광활하게 뻗어 있는 새 세계를 개척하여 생활의 안정과 번영을 기하자는 것이다.

두 필의 말에 실은 빈약한 침구와 몇가지의 취사도구가 그들의 총재산이었다. 남편과 아내, 그 뒤를 따르는 일곱 살짜리 어린 아들과 아홉 살 난 가냘픈 딸. 막막한 모험의 길. 아버지의 상자 속에 든 목수도구와 장총 한 자루에 전적으로 의지하는 네 식구의 고달픈 행로.

고향을 떠나 서북으로 10여 일의 힘든 여행 끝에 일행이 도착한 곳은 인디애나의 스펜서. 젠트리빌이 멀지 않은 숲속에 짐을 풀고, 우선 겨울을 지낼 오두막집을 하나 세울 수밖에 없었다.

나무가 꽉 들어찬 그 일대의 삼림이 어린 링컨에게 깊은 인상을 남겼다. 그 시절부터 도끼는 그의 생활의 필수품이었고 그 후 줄곧 이 도끼로 일꾼 노릇을 하며 밥을 벌어 먹었을 뿐 아니라 후일 정계에 뛰어들어 유명하게 되는 데도 그 도끼 솜씨가 적지 않은 공헌을 한 것이다. 선거 때마다 그 사실이 선전되었으니까.

숲속의 새 살림은 또 다른 면에서 흥미 있었다. 링컨은 나이에 비해 몸이 크고 건장했는데, 숲속에 서식하는 각종 들짐승은 그의 호기심을 끌고도 남음이 있었다. 너구리잡이, 칠면조 덫놓기, 꿩 둥지 털기─그러나 그는 총질에는 흥미가 없었다. 하루는 아버지의 장총을 들고, 선두로 달리는 칠면조의 엄지를 쏘아 쓰러뜨리니까 그 새끼들이 어쩔 줄 몰라 당황하는 광경을 목격한 후로는 총을 손에 잡고 싶은 마음이 아주 없어졌다는 것이다.

그 일이 있은 후 링컨은 평생 총의 방아쇠를 당겨본 일이 없었다. 그는 스물세 살 때 블랙 호크 인디언 전투에 의용군 대위로 출전했지만 총은 한 방도 쏘지 않았고, 저 무서운 남북전쟁 때 4년간 줄곧 육군·해군의 총사령관이었건만 잠시도 몸에 총을 지니고 다닌 일이 없었다고 한다.

인디애나에서의 소년시절이 평화롭지만은 않았다. 나무를 자르고 김을 매는 고된 노동은 견딜 만도 했고 추위나 배고픔도 참을 만했다. 그러나 사랑을 잃어버리는 것처럼 괴로운 일은 없다. 아홉 살밖에 안된 링컨의 '천사 같은 어머니'가 세상을 떠난 것이다.

인디애나로 이주한 지 2년 되던 늦여름 그 남서지방에 '밀크병'이라는 고약한 역병이 만연되어 많은 개척자들이 목숨을 잃었는데, 그 당시에는 사실 원인을 모르는 무서운 병이었다.

후일의 의학이 밝힌 바에 의하면 일종의 독초를 뜯어먹은 소

의 젖에서 생기는 병이라고 한다. 혀에 흰 빛이 씌우고 기운이
쪽 빠지면서 손발이 차가워지다가 차차 맥박도 느려지며, 혀는
흰 빛에서 갈색으로 변해버린다는 것이다.

"엄마, 엄마" 부르는 어린것들의 목메인 소리—철없는 아들
딸을 두고 가는 젊은 어머니. 과로에 지친 서른네 살의 박명한
여인! 10월 초순의 싸늘한 가을바람이 허술한 무덤 위를 스치
고 지나갔다.

아내 낸시가 돌아오지 못할 길을 떠난 지 약 일 년 뒤, 토마스
링컨은 신부감을 구하려 고향인 켄터키를 다시 찾았다. 어머니
없는 두 어린것을 돌보면서 광야의 개척생활을 계속한다는 것은
불가능한 일이었기 때문이다.

고향에 돌아온 토마스는 새라 부쉬라는 젊은 과부에게 말을
건넸다. 사실은 죽은 낸시와 혼인하기 전에 이 여인에게 구혼한
적이 있었던 토마스였으나, 그때에는 새라가 거절하여 뜻을 이
루지 못했는데 하늘의 섭리인지, 한 사람은 과부가 되고 또 한
사람은 홀아비가 되어 다시 운명의 선상에서 눈길이 마주친 것
이다. 전격적으로 결혼이 성립되었다. 피차에 익히 알던 사이였
을 뿐 아니라 따져볼 시간적 여유도 없었기 때문이었다.

새라 부쉬는 예외적인 새어머니였다. '가난한 과부'라고는 했
지만 그녀가 개가하면서 인디애나 오두막집으로 가져온 가재도
구는 상당히 값나가는 것들이라 이것이 우선 어린 링컨과 그의
누이에게 적지 않은 자존심을 심어주었다. 또 새어머니의 근면

과 성실, 지혜와 사랑이 링컨에게 아늑한 품을 마련해 준 셈이다. 새어머니는 전남편의 아들 하나와 딸 둘을 데리고 왔지만, 전실의 아들 딸을 꼭 같은 사랑으로 키워주었다.

이웃이자 친척이던 데니스 행크스의 말에 따르면, 링컨 집의 살림은 새어머니를 맞은 지 몇주도 안돼서 놀라운 변화를 겪었는데 가정의 분위기는 안정되고, 있을 것이 다 제자리에 놓여 예전과는 비교도 할 수 없을 만큼 알뜰한 살림을 꾸려나가게 되었다는 것이다.

새어머니는 링컨에 대해 각별한 관심을 가지고 사랑해 주었다. 그가 공부에 더욱 적극적이 된 것도 새어머니의 덕분이라고 한다. 이 소년의 깊은 곳에 감추어진 큰 재능을 알아보고 그 재능을 키워주려고 노력한 것도 새어머니였다.

그가 크게 성공한 면 후일 "나의 오늘, 나의 희망—이 모든 것이 다 천사와도 같은 내 어머니의 덕입니다"라고 효성어린 고백을 한 일이 있다. 링컨이 계모 밑에서 자란 사실을 아는 어떤 사람이 그 '천사 같은 어머니'란 어느 어머니를 가리키는 말이냐고 물었을 때 링컨은 "어머니면 어머니지 그 말을 따져야 할 까닭이 어디 있느냐"고 반문했다고 한다.

필시 링컨의 마음속에는 두 어머니가 다 천사와 같았을 것이다. 아홉 살에 잃은 친어머니를 그리워하지 않았을 리는 없지만, 열 살에 맞은 새어머니도 그가 평생 따르고 섬긴 것이 사실이다. 죽는 날까지 그 사랑에는 변함이 없었다.

인디애나에 살면서 링컨은 잠시 학교에 다닐 기회를 가졌다. 여기서도 선생은 무조건 암기를 강요하는 바람에 교실이 시끄럽기 짝이 없었던 모양이다. 링컨이 평생 책을 소리내서 읽는 촌스러운 습관을 버리지 못한 것도 이 교실의 시끄러운 분위기 때문이었다. 한반의 친구들도 여럿 있어서 심심치 않았고 그들의 회고담에 의하면 링컨은 확실히 공부 잘하는 우수한 학생이었다. 그의 어린 시절은 장난치면서 유쾌하게 오하이오의 강물처럼 순하게 흘러간 것이다.

그는 어려서부터 뛰어난 기억력을 자랑하였다. 읽은 책에서 길다란 구절을 암송하는 일도 흔히 있었고 월요일 아침에는 그 전날 교회당에서 들은 설교를 친구들을 모아놓고 되풀이하기도 했는데, 그 정확한 것 때문에 듣는 사람들을 놀라게 하였다.

군중 앞에서 연설하기를 좋아하는 기질이 쓰일 만한 곳이 여러 군데 있을 것이다. 교사, 목사, 이런 직업도 학생들이나 교인들 앞에서 말을 해야 하는 직업이지만 정치는 더욱 그렇다. 옛날 정치에 뜻을 둔 사람에게는 절대 필요한 것이 군중을 모아놓고 말하는 재간이었다. 그래야 호감을 사고 인정을 받고 투표 때에 표를 얻을 수 있었기 때문이다.

링컨은 일을 해야 할 때에도 타작마당의 일꾼들을 상대로 연설을 하곤 해서 그의 아버지를 질색하게 만들곤 했다. 말솜씨가 구수해서 듣는 사람들이 즐기기는 했으나, 작업에는 상당한 지장이 있었다. 그래서 링컨을 게으른 자라고 악평하는 이웃도 있었다.

아버지에게서 목수일도 배웠으나 목수가 되려는 생각은 전혀 없었다. 그는 이 시절에 〈로빈슨 크루소〉 버년의 〈천로역정〉 윔스의 〈워싱턴의 일생〉〈미국 역사〉 프랭클린의 〈자서전〉 등을 탐독하였다. 그렇다고 책만 읽을 수도 없는 처지여서 이집 저집에서 일거리가 있을 때마다 여러 날씩 그 집에 머무르면서 숙식의 문제를 해결했다. 사람들을 모아놓고 이야기하고 웃기는 재간 때문에 그는 일꾼으로는 크게 성공하지 못하였던 모양이다. 링컨의 유머는 그 지방의 일품이었다. 그때그때에 적절한 속담과 재담이 쏟아져 그의 인기는 그것 때문에 대단하였다.

링컨은 인디애나에서 14년을 살면서 어른이 되었다. 그도 이제는 아버지의 주변에 매여만 있을 수는 없는 나이가 되었는데 1828년 시집갔던 그의 누이 새라가 산욕의 고통 중에 세상을 떠난 바로 그 해, 처음 넓은 세상을 볼 기회를 얻었다.

젠트리빌이라는 곳은 그 고장의 사교생활의 중심으로 사람도 붐비고 장사도 제법 잘되는 마을이었다. 링컨은 기회만 있으면, 빠지지 않고 그곳을 찾아 친구를 사귀는 것이 큰 취미였는데, 그 마을의 유지인 제임스 젠트리라는 사람이 '억세고, 유능하고, 믿을 만한 이 젊은이'를 고용한 것이다.

그는 주인의 아들 앨른과 함께 상자모양의 배에다 그 고장의 산물을 싣고 오하이오와 미시시피의 강을 따라 당시 교역의 중심이던 뉴올리언스로 가게 되었다. 월급은 8달러 !

항해 중 여기저기 들러서 물건을 팔면서 가야 하는 여행이었다. 켄터키나 인디애나보다 넓은 세상이 있다는 사실을 그는 처음 깨달았다.

어느 날 밤 배를 묶어놓고 하루의 피곤을 풀려는 차에 난데없이 7인의 건장한 흑인들이 호도나무 몽둥이를 들고 달려들지 않는가! 사람을 죽이고 배의 물건을 빼앗아가려는 강도들이었다. 링컨은 주인의 아들 앨른과 합세하여 드디어 이 난입자들을 물리치고 말았다. 두 사람 다 상당한 부상을 입었으나 지체없이 닻을 올리고 그곳을 떠나 목적지로 향하여 위기를 모면하였다. 이런 조그마한 사건에서도 그의 사람 됨됨이를 짐작할 수 있다. 힘이 필요할 때 힘을 행사하고 지체없이 물러서는 지혜!

싣고 갔던 물건을 죄다 팔고 6월에 그들은 멋들어진 기선을 타고 강물을 거슬러 집으로 돌아왔다. 뱃삯은 물론 주인이 냈지만 호사스러운 귀향길이었다. 이 여행 후에는 숲속에서의 조용하고 단조로운 생활이 또다시 시작될 수밖에 없었다.

그리고 다시 2년의 세월이 흐르고 1830년 이른봄, 그의 아버지는 인디애나의 정든 집을 버리고 또다시 일리노이 지방으로 이삿짐을 옮기게 되었다.

일행은 링컨네 식구들뿐 아니라 그의 계모의 출가한 딸들의 식구들을 합쳐 열셋이었다. 인디애나의 농토는 아무리 붙잡고 있어도 장래성이 없다고 그의 아버지는 판단한 것이다. 그래서 인디언들이 '먹을 것이 넉넉한 땅'이라고 부르는 생가몬 강가에 자리잡은 일리노이의 메이큰 지방으로 이주하게 된 것이다.

　여행의 수단은 지극히 간단하였다. 소달구지에 가재도구를 싣고, 그 위에 여자들이 올라타면 장정들은 고삐를 쥐고 끄는 것이다. 링컨도 고삐를 잡은 장정 중의 한 사람이었다. 통나무 집의 어린 꿈을 버리고 에이브라함 링컨은 어른의 나라로 발걸음을 옮기고 있다. 개척하는 미국의 서부와 더불어 그도 성장해야 한다. 서부는 무한한 가능성의 상징!

　젊은 링컨의 앞에도 무한한 가능성의 땅이 펼쳐진다. 켄터키와 인디애나의 맑은 공기가 그의 튼튼한 몸에 깨끗한 피가 되었고 도끼를 들고 단련한 강건한 체구에는 힘이 넘쳤다.

제3장
청년 링컨

그는 태연하고 떳떳한 젊은이였다.
켄터키 떡갈나무 숲을 스치고 지나가는
강바람처럼 시원하고 들국화가 피는 인
디애나 벌판의 가을 하늘처럼 높고 깨
끗하다. 자연의 아들이 무엇을 두려워
하겠는가?

청년 링컨

이제 그의 나이 스물한 살. 온 가족이 인디애나를 떠나 다시 일리노이로 이주함으로써 그의 어린 시절도 마침내 종말을 고하였으니 자립의 길을 뚫고 나가야 할 연령에 도달한 것이다.

1831년 봄, 일리노이 스피링필드에 오퍼트라는 상인이 있었는데, 뉴올리언스에 싣고 갈 물건이 있어 일꾼이 필요했다. 그래서 링컨과 그의 친지 몇사람을 고용하게 된 것이다. 월급은 12달러. 그런데 원하던 배를 입수할 수가 없어 부득불 산에서 나무를 베어다 다시 상자모양의 배를 하나 장만하게 되었다.

이럭저럭 그 여행을 무사히 끝내고 그 해 7월 그가 일리노이로 돌아와 정착한 곳은 뉴세일럼—생가몬 강가의 조그마한 변경 마을에 불과했다. 차차 붐비게는 되겠지만. 그런데 한달에 12달러로 링컨을 고용했던 덴튼 오퍼트는 이 정직한 청년에게 상당한 호감을 가지게 되었으므로 그를 뉴세일럼에 새로 차린 오퍼트 가게의 점원으로 채용하였다. 어느 모로 보나 믿을 만한 젊은이였으니까.

이 잡화상의 점원으로 있으면서 그는 그 마을의 여러 사람들과 서로 사귀고 이야기할 기회를 많이 가지게 되었다.

그는 구수한 이야기꾼으로 널리 알려져 있었다. 그의 이야기는 몇번씩이고 되풀이해 들어도 지루하지가 않았고 암만 들어도 매번 웃지 않을 수가 없었다.

이 시절에 그가 즐겨 하던 유명한 이야기 하나가 아직도 전해지고 있다.

경건하고 신령한 어느 침례교 목사가 시골 교회당에서 설교하다 망신한 이야기다.

"내가 그리스도를 대신하여…" 하며 자못 엄숙한 표정으로 교인들 앞에 손짓하고 섰을 때 살며시 양복 바짓가랑이로 기어오르기 시작한 작은 도마뱀 한 마리. 요것이 설교 도중 내내 목사의 온몸을 누비는 바람에 하나님의 말씀 전달에 완전히 실패했을 뿐 아니라, 교인들 앞에서 톡톡히 망신을 했다는 이야기. 그 도마뱀이 빠져나갈 길을 열어주느라고 한두 군데 단추를 끌러놓고 손짓 발짓하며 웅변을 계속하다 보니 바지가 흘러내리고 셔츠가 벗겨져 여자 교인들에게 말할 수 없는 창피를 당했다는 것이다.

이 시절에 또 하나 재미있는 사건은 그 고장의 깡패 두목인 암스트롱과의 힘겨루기였다. 미국 서부의 새로 생긴 마을에는 으레 술집이 생기게 마련이고, 그 술집 주변에는 폭력배가 들끓는 것이 보통이었다. 폭력을 쓰는 자들이 필요한 때도 있었다. 그들 수중에 법이 있어서, 질서 유지에는 상당한 도움이 된 것도 사실이다. 정식으로 보안관이 들어서서 날쌘 권총 솜씨로 질서를 세우기까지는 누군가가 완력을 가지고 마을의 평화를 지켜야 했을 것이다.

그런데 이 마을에 새로 들어온 링컨이라는 청년이 힘이 장사라는 소문이 파다하게 나도는데 그들이 잠잠히 있을 수는 없었다. 다른 것은 다 참을 수 있어도 더 힘센 사람이 있다는 말만은 참지 못하는 것이 폭력배의 생리라고 한다. 아마 가게주인 오퍼트가 자기 집 점원의 힘자랑을 좀 지나치게 했던 모양이다. 링컨은 사양하다 못해 그 패의 우두머리 암스트롱과 한번 맞붙기로 동의하였다.

두 사람의 씨름은 마을 전체의 구경거리였다. 뉴세일럼의 깡패 두목은 두목답게 체격이 좋았고 링컨도 그리 만만하게 보이지는 않았다. 구경꾼 중에는 여자들도 끼어 있으니 더욱 신이 났을 것이다. 남자는 여자들 앞에서 힘겨루기를 좋아하니까.

목격자가 전하는 바에 의하면 두 사람의 힘은 막상막하라, 아무리 시간을 끌어도 승부가 나지 않았다. 마침내 링컨이 상대에게 이렇게 말했다고 한다.

"여보게 그만두세. 내가 자네를 눕히지 못하고 자네가 나를 눕히지 못할 바에야."

이래서 힘내기는 무승부로 끝났다. 장기를 두다가 비기자고 먼저 말하는 사람이 수가 더 센 사람인지도 모른다.

그 시간 이후, 두목 암스트롱은 물론 그의 부하 일동은 이 키 크고 힘센 점원을 뉴세일럼 사회에 기꺼이 받아들이고 우러러보게 되었으며 그도 또한 의리 있는 사람이라 이 깡패 두목과의 친분을 평생 소중히 여겼다고 한다.

미국 역사는 처음부터 북미대륙의 원주민인 아메리카 인디언과, 서부로 개척해 나가는 백인들과의 무자비한 살륙으로 얼룩져 있다. 그 피비린내 나는 싸움은 서부 개척이 종결을 고한 19세기 후반까지 계속되었다.

조상에게서 물려받은 땅을 백인들에게 빼앗기고 서쪽으로 서쪽으로 밀려가야 하는 인디언들의 마음에 왜 원한이 없었겠는가? 그들도 사람인데! 그뿐인가? 백인들은 계약이라는 형식으로 인디언들과 흥정을 하고 거래를 하는데, 인디언들에게는 계약이라는 관념이 전혀 생소한 것이어서 문서에 서명을 하고 나서도 (×자를 그어 서명에 대신하기가 일쑤였지만) 그런 일이 없다고 딴전을 부리는 경우가 흔히 있었던 것이다. 그것이 분쟁의 불씨가 되곤 하였다.

1832년 4월 일리노이 지방에서 터진 블랙 호크 전쟁도 그런 분쟁 가운데 하나였다. 그들은 이미 미국 정부와 계약하기를, 미국 대통령이나 일리노이 주지사의 허가가 없이는 절대로 미시시피 강을 다시 건너오지 않기로 하였음에도 불구하고 그 지방의 인디언 추장 블랙 호크는 500명의 용사를 거느리고 강을 건너와 표면상으로는 옥수수 재배를 하는 척했지만 내용으로는 임전태세를 갖추고 있다고 정부군 파견대는 판단하였다.

그러니 일리노이 변경의 개척자들도 긴장할 수밖에 없었다. 주지사는 곧 인디언들을 격퇴하기 위해 민병대 지원병을 모집하기에 이르렀다. 18세 이상 45세 미만의 남자는 누구나 민병대에 가입해야 한다는 것이 법으로 제정되어 있었고 전투에 자원 참가하는 자들은 스스로 지휘관을 선출하는 민주적 규정이 붙어 있었다.

링컨은 즉시 30일 근무를 자원했는데 그의 중대는 대부분 동리의 이웃과 친지들로 구성되어 있었고 그들은 압도적 다수표로 링컨을 대장으로 선출하였다.

군사 지식이 전혀 없을 뿐더러 군인이 될 소질도 아주 없는 중대장. 미국 육·해군 전체의 지휘는 잘하여도 중대 하나는 통솔할 줄 모르는 중대장이 탄생한 것이다.

하루는 20명의 군인을 일렬횡대로 하여 '앞으로 가'의 구령으로 행진시키고 있었는데 앞에 길다란 담이 놓인 것이다. 그 담에는 좁은 문 하나밖에 없으니 큰일났다. 무슨 구령을 해야 이 20명 횡대가 종대로 편성되어 그 좁은 문을 지나서 그 담의 저쪽으로 갈 수 있을지 도무지 생각이 나지 않았다. 고민하던 끝에 이 중대장은 이렇게 호령하였다.

"멎어! 일단 해산했다가 2분 후 문 저쪽에 다시 집합!"

이리하여 그는 위기를 모면하였다는 것이다. 그는 30일 임기가 만료되자 다시 입대하였는데 이번에는 중대장이 아니라 병졸이었고 그는 거듭 입대하게 된 동기를 '할 일도 없고 전쟁이 위험하게 번질 우려도 없어서'라고 솔직히 고백하였다.

이럭저럭 3개월간 군인노릇을 했지만 실전을 경험한 적은 한 번도 없었다. 다만 한 불쌍한 인디언의 생명을 구해 준 일이 있었을 뿐이다. '착한 인디언이 있다면 죽은 인디언뿐이다'는 속담을 믿는 그의 대원들은 어쩌다 그들의 막사로 잘못 발을 들여놓은 이 인디언을 죽이자고 아우성이었으나, 백인에 대해 악감이 없다는 이 홍인의 가련한 목숨을 끊어버리는 것이 인간의 도리가 아니라는 그의 완강한 고집 때문에 그 사람은 간신히 생명을 보존할 수가 있었던 것이다.

명예제대한 이 의용군이 고향 뉴세일럼으로 돌아온 것은 그해 8월이었다. 8월은 선거의 달이기도 했다. 선거를 겨우 두 주일 앞두고 그는 고향에 돌아온 것이다. 블랙 호크 전쟁에 출정하기에 앞서 당시의 관례를 따라 이미 선전 삐라를 돌려 자기의 주 의회 입후보 의사를 표명한 바 있다. 그 삐라의 발행 일자는 1832년 3월 9일로 되어 있고 여기서 23세의 이 정치 초년병은 '그의 독특한 야망'이 무엇인가를 밝혀두었다. '내 이웃 사람들에게서 진정한 존경을 받고 그 존경에 합당하게 몸바쳐 일하는 것'.

68

어떤 의미에서 이 '독특한 야망'은 그의 전 생애를 통하여 한 번도 변하거나 흔들리지 아니하였다. 타인의 존경을 받고 그 존경에 어긋나지 않는 행동을 하는 것이 그의 일생을 지배한 소박한 야심이기도 했다.

만일 정치적 천재가 존재한다고 가정한다면, 그 본질이 무엇일까? 꿈과 현실을 아름답게 엮어, 꿈을 날로 삼고 현실을 씨로 삼아 질기고 보기 좋은 비단을 짜는 사람이 아닐까?

다행히도 19세기 전반의 미국은 그런 정치적 천재가 힘을 키우고 펴나갈 수 있게 여건이 마련되어 있었던 것이다. 링컨은 시대를 바로 만난 인물이었다. 적절한 시기에 그가 태어난 것이다. 아직 미국 사람들이 순진하던 때니까. 오늘의 미국을 발랄한 민주주의의 나라라고 보고 '나는 미국을 노래한다'고 할 시인은 있을 것 같지 않으니까 말이다.

시골 변경의 이 초라한 선거에서 그는 당당히 휘그당 소속으로 입후보를 했다. 휘그라고 하면, 17세기 영국이 왕권과 의회의 충돌로 혁명을 치르고 나서 왕을 두둔하던 왕당파와 거기 맞서 의회의 권한을 내세우던 휘그가 피차에 으르렁대던 일을 연상하게 될 것이다. 미국의 휘그는 건국 초기 해밀턴이 주동이 됐던 강력한 연방주의자들의 모임을 계승한 당이었다.

사실 1830년대 초기 일리노이의 정치는 압도적으로 민주당이었다. 당시의 대통령 잭슨 개인을 숭배하며 그의 정책을 맹종하다시피 떠받드는 무리가 다른 어느 지방에서보다도 일리노이 정계를 휩쓸고 있었다고 한다.

그런데 링컨은 민주당을 택하지 않고 휘그당을 택하였다.

일리노이의 정계를 살펴볼 때 수에 있어서는 민주당이 단연 우세했지만 질적으로 믿을 만한 지도자는 휘그당에 있다는 사실을 그는 재빨리 알아차린 것이다. 다만 이 소수당의 커다란 약점이 있었다면 굵직한 인물들이 한데 뭉칠 계기를 찾지 못하여 큰 힘을 발휘하기 어려웠다는 것뿐이다.

여기 정치를 지망하는 한 소박한 시골 젊은이가 있다. 교육 정도도 보잘것 없거니와 들추어내서 자랑할 만한 유명한 조상도 없고 가정환경도 빈약하기 짝이 없는 청년이다.

그러나 그는 태연하고 떳떳한 젊은이였다. 켄터키 떡갈나무 숲을 스치고 지나가는 강바람처럼 시원하고 들국화가 피는 인디애나 벌판의 가을 하늘처럼 높고 깨끗하다. 자연의 아들이 무엇을 두려워하겠는가?

불리한 정당의 깃발을 들고 나서는 이 젊은이의 용기와 꿈. 물론 이 선거전에서 패하기는 하지만, 그가 이 싸움에서 성장할 가능성을 보여준 것만은 사실이다. 13명 입후보자 가운데서 657표를 얻어 8위로 낙선하기는 했지만 그가 살던 뉴세일럼의 300표 중에서 23표를 제외한 277표를 혼자서 차지했으니 자랑할 만하기도 하다. 그는 외롭지 않았다. 이제는 가까운 곳에서 먼 곳으로 힘을 뻗으면 되는 것이다. 이것이 그의 생활 철학이며 성공의 비결이기도 했다.

그러나 당장 먹고 살 길이 막연하였다. 선거에는 지고 정계 진출의 길은 일단 막혔으니 무슨 일이라도 해서 밥벌이를 해야지. 이 선거의 투표결과를 보고 그는 이 고장에 남아 있을 생각을 굳힌 것 같다. 무슨 일을 할까?

민중과 섞이고 어울릴 수 있는 그런 직업을 갖고 싶었다. 그는 사람 사귀기를 좋아했고 그렇다면 가게의 점원 노릇이 안성맞춤이었으나 뉴세일럼에는 점원이 필요한 가게가 한 곳도 없었다. 그러던 차에 베리라는 사람과 점포를 하나 내고 동업할 기회가 생긴 것이다. 이리하여 링컨은 장사꾼이 된다! 1833년 정월. 나이는 스물넷!

그러나 장사가 그리 쉬운 노릇은 아니었다. 돼지기름, 베이컨, 총기 등을 팔고, 옷감을 주고 계란이니 꿀이니 하는 물건들을 사들인다는 것이 결코 간단한 일이 아니었다. 물건값을 깎고 흥정하고 하는 것이 링컨의 생리에 맞지도 않았고 이 동업한다는 베리라는 작자가 밤낮 술에 만취되어 있어, 날이 갈수록 적자만 늘어났다. 베리는 동업자 링컨의 눈을 피해 가게에 있는 술통에서 끝없이 따라 마시니 손해가 이중으로 늘어나는 셈이었다.

1858년 상원의 의석을 두고 일리노이 주에서 그와 맞섰던 스티븐 더글러스가 "링컨은 한때 술집을 경영했다"고 비난한 일이 있는데, 링컨은 절대 그런 일이 없다고 강력히 부인하였다. 더글러스는 술을 팔기만 하는 집과 술을 사서 마시는 집과를 구분

하지 못한 것이다. 후자를 술집이라고 한다. 변경의 시골 가게는 예외없이 위스키를 팔았다. 그러나 관의 허가 없이 그 자리에서 마시게 하는 것은 법으로 금지되어 있었으므로 술집을 경영한 일이 없다는 링컨의 주장은 정당한 것이다. 돈을 벌려면 술을 마시도록 해야 하는데 술을 파는 문제로 베리와 의견이 맞지 않아 피차에 갈라섰다는 말도 있다.

링컨은 인디애나에 살 때부터 술의 해독이 어떻다는 것을 잘 알고 있었다. 변경의 개척자들은 고된 생활의 시름을 잊기 위해 독한 술을 즐겨 마셨고, 교회에 부지런히 다니는 교인들 가운데도 집에서 위스키를 빚어, 통으로 두고 마시는 사람들도 많았다. 일리노이에서도 사정이 비슷하였다. 사람들이 모이기만 하면 혼인잔치, 장례식, 집들이, 어디서나 마치 우리 시골 농가에서 막걸리를 많이 마시듯 그저 술이었다.

그도 술맛을 본 일이야 있었겠지. 그러기에 술을 마시면 뭔가 기분이 좋지 않아 질색이라고 하였을 것이다. 하여간 뉴세일럼에 이사온 후로는 술은 한방울도 입에 대본 일이 없다고 한다. 그렇게 많은 사람들을 알고 사귀고 어울려 다니면서도 또 정치라고 하는 걸쭉한 직업에 몸을 담고도 술 한잔을 마시지 않고 정치를 했다니 과연 무서운 '의지의 사나이'였던 모양이다.

그런데 술꾼이던 이 동업자 베리는 1835년 정월에 병들어 죽고 그때 돈으로 1,100 달러나 되는 막대한 부채를 링컨에게 떠맡긴 채 홀연히 가버리고 만다. 가난한 링컨에게는 너무도 엄청난 빚이어서 그 빚을 '국가적 부채'라고 과장해서 말할 정도였다.

이 부채를 갚기 위해 여러 해 동안 고생했다. 그 빚을 갚는 데 십 수년이 걸렸다고 흔히들 말하지만, 사실은 그보다 훨씬 빨리 다 갚아버릴 수 있었다.

그가 재산관리에 퍽 어둡고 무관심했던 사람으로 알려져 있지만 사실과는 거리가 멀다. 그는 부지런히 벌고 저축하여 비교적 젊은 나이에 경제적 지반을 튼튼하게 했다. 평생 큰 부자는 되지 않았지만 아내와 자식들이 밥을 굶지 않을 정도의 경제력은 가지고 있었다.

그것도 우리가 본받을 만하다고 생각된다. 물론 사정이 다르기는 하지만 애국자라고 하면 으레 자식의 교육은커녕 밥도 제대로 못 먹이는 것을 자랑으로 삼는 우리 풍토가 옳은 것은 아니다. 권력을 악용하여 하루아침에 백만장자가 되는 것은 물론 죄악이지만, 그렇다고 죄 없는 처자를 길거리에서 방황하게 하는 것이 잘하는 일 같지는 않다.

그가 동업자 때문에 걸머진 빚을 깨끗이 갚았다는 것은 그의 성격의 일면이다. 안 갚고 딴 곳으로 이사가버려도 될 일이었다. 그러나 크게 될 사람이 그래서야 되나. 남을 억울하게 하고 큰 뜻을 이루지는 못한다. 크나 적으나 약속을 지키기 위해서 부지런히 일해 그 빚을 다 갚은 것이다. 어려서부터 '정직한 에이브'가 그의 별명이었다.

뉴세일럼에서의 젊은 링컨의 장래가 반드시 밝은 것만은 아니었다.

장사가 안되니 또 새 일거리를 찾기는 찾아야겠는데, 다시 막노동으로 되돌아갈 수는 없는 일이었다. 활을 쏘는 사람은 과녁보다는 조금은 높은 곳을 겨누어야 하는 법이니까.

그러던 차에 뉴세일럼 우편국장으로 임명한다는 희소식이 전해졌다. 1833년 봄의 일이다. 우편국장이란 미관말직이기는 하지만 연방정부의 임명장을 받아야 하는 직책인데, 대통령 잭슨과 상반된 정견을 가진 그에게 그런 기회가 주어졌으니 한편 신통한 일이기도 했다. 하도 변변치 않은 자리라 정치적 견해차를 고려할 여지가 없었을 것이라는 자기 나름의 해석을 내리기도 했다.

그는 우편국이 다른 곳으로 옮겨간 1836년까지 만 3년 동안 그 자리를 지켰다. 아직 우표나 봉투가 보급되기 이전의 체신업무라, 느리고 조잡하기 이를데 없었다. 편지의 매수와 발신인 수신인의 거리로 우편요금을 책정하던 이른바 우편행정의 원시시대였다. 링컨의 직책은 편지의 매수를 헤어보고 또 발신인의 주소를 참작하여 요금을 매겨주는 일이었고, 받는 측에서 책정된 요금에 대하여 이의가 있으면 다시 편지를 뜯어놓고 따지는 것이 관례였다니 참 옛날 이야기다.

링컨이 국장으로 있으면서 받은 요금이 일년 평균 55달러였다고 한다. 그 마을의 크기나 활동을 가히 짐작할 수 있다. 국장의 자리는 무보수였으나 한두 가지의 특전이 붙어 있었다. 첫째 민병대 근무가 면제되고 배심원으로 재판에 시간을 뺏기지 않아도 좋았다. 그밖에도 편지를 무료로 보내고 받는 특전 외에 신문 한 가지를 송료없이 구독할 수가 있었다.

그는 인심 좋은 우편국장이었다. 아마도 받아야 할 요금보다도 항상 적게 받았을 것이다. 그리고 자기 이름으로 남의 편지도 많이 부쳐주었을 것이다. 정말 정직한 사람만이 그렇게 할 수 있다. 진실로 정직한 사람은, 그의 말대로 '중요한 원칙은 반드시 신축성이 있어야 한다'고 믿기 때문이다. 쇠털 뽑아 제 구멍에 다시 꽂는 것을 정직이라고 하지는 않는다. 그것은 정직이 아니라 답답이다.

그러나 이런 융통성이나 신축성에는 엄연히 한계가 있는 것을 아는 사람이 우리 보기에 참 정직한 사람 같다. 뉴세일럼의 우편국이 폐쇄된 지 여러 해 뒤에, 정부는 사람을 보내 미수금을 회수케 하였다. 나랏돈을 먹고 달아난 자, 달아나지는 않았지만 갚을 길이 없는 자 등등 가지각색이었다. 그가 링컨의 동리에 다다라, 전직 국장에게 그의 내방사유를 밝혔을 때, 빚에 쪼들리던 그였으나 조금도 당황하는 빛이 없이 태연하더라는 것이다.

이윽고 일어나 낡은 나무궤짝을 열고 끄집어낸 푸른빛의 퇴색한 양말 한짝—상 위에 쏟아놓고 셈하여 보니 찾아온 손님이 요구하는 금액에서 동전 한푼 모자라지 않더라는 것이다. 하고많은 돈을 꾸어 쓰며 강목치던 어려운 고비가 한두 번이 아니었건만 양말짝에 간직해 둔 그 돈에는 손을 대지 않은 것이다. 공사가 분명하다는 칭찬은 이런 사람을 두고 하는 말일 것이다.

뚜렷하게 할 일을 찾지 못하여 무료하게 세월을 보내던 차에 측량기술자인 친구 한 사람이 링컨에게 전갈을 보내어 자기의 측량일을 도울 수 없겠느냐고 하였다. 그는 스프링필드까지 40~50리 길을 걸어가 캘훈이라는 이 친구를 직접 만나서 그 일자리를 택하는 데 따르는 몇가지 문제점을 미리 밝혀두기로 하였다. 이 사람은 잭슨파 민주당이었는데, 링컨은 휘그였으므로 이 사람 밑에서 일한다는 사실이 그를 정치적으로 구속하는 일이 되어서는 안되고 또 하고 싶은 말은 언제나 할 수 있어야 한다는 평소의 신념을 지키고 싶었기 때문이다.

피차에 양해가 성립되고 뉴세일럼으로 돌아온 링컨은 측량기술을 익히기 위해 엄청난 공부를 해야만 했다. 고등수학이나 계산기 사용법은 물론, 삼각법에서 지도 읽기, 수평 쓰기, 측량기구 사용법에 이르기까지 일일이 배워야만 했다.

이 시절에 그의 건강이 눈에 보이게 나빠졌다. 우묵하게 패인 두 뺨에 눈은 항상 충혈되어 있어, 이웃 사람들이 오히려 그의 건강을 걱정해 줄 지경이었다. "여보게, 그러다간 생명이 위태롭겠네"하며 가까운 친구들은 공부를 너무 심하게 하지 말라고 타이르기도 했다. 그러나 그는 한달 반이 지난 뒤에는 필요한 책들을 죄다 읽고 측량기구 사용법도 완전하게 익혀, 생가몬 군의 북쪽 언저리의 땅을 실제로 측량하게 되었다. 들판의 신선한 공기와 맑은 햇볕이 그의 이지러진 건강을 곧 회복시켜 주었다. 젊음은 그래서 좋은 것이다.

하나 측량기술을 가지고 하루에 3달러씩 벌어 1,100 달러의 빚을 갚는다는 것은 아득하기 짝이 없는 일이었다. 빚쟁이들 때문에 그가 타고 다니던 말을 빼앗길 뻔하기도 하고, 한번은 소송에 걸려 그의 말과 안장뿐 아니라 측량기구 일습이 죄다 차압당했던 쓰라린 경험도 있었으나 다행히 그의 어느 친구가 상당한 거액을 던져, 경매장에서 그 물건들을 사다가 링컨에게 돌려주었다는 이야기도 있다. 그러나 믿어지지는 않는다. 그런 곤경에 빠질 사람이 아니다. 하나 그가 아무리 어려운 일을 당해도 비관하지 않은 것은 그가 사람의 마음속에 자리잡은 착한 것, 아름다운 것을 믿었기 때문이다. 일본의 속담에 '사람을 보면 도둑놈으로 여기라'는 말이 있는데 그래서야 무슨 재미로 살겠는가? 사람이 사람을 믿는 분위기에서만 큰 지도자도 나오게 마련이다. 링컨은 확실히 좋은 환경에서 살았다.

1834년 봄에는 또다시 일리노이 주 의회의 의원 선거가 있을 참이었다. 한번 실패한 경험을 토대로 그는 재출마할 결심을 굳혔으며 그의 꿈은 손쉽게 이루어졌다. 이 젊은 측량기술자는 적어도 자기 마을에서는 초당적 지지를 받은 것이 분명하며 당당히 차점으로 당선되는 영예를 차지하였으니 그의 이름이 이미 그 근방 일대에 잘 알려진 것이다. 최고 득표자가 1,390표를 얻은 데 비해 링컨은 1,376표로 2위가 되었으니 14표의 근소한 차다. 25세의 풋내기 정치인으로서는 대단한 성공이었다.

선거가 있은 것은 8월의 첫 월요일이었으나 주 의회가 열리는 것은 12월 초순이었다. 그 석 달도 더 되는 세월을 어떻게 보낼 것인가? 그는 여전히 측량일을 하고 우편국장 자리도 지키며 이런저런 잡일로 입에 풀칠을 해야만 했다. 이 가난뱅이 주 의원은 친지에게서 200달러를 꾸어 영광스러운 출발에 어울리는 여장을 차릴 수밖에 없었다. 난생 처음 옷 한벌을 맞추어 입고 길을 떠났다고 하는데, 거기 소요된 금액이 무려 60달러. 본인도 무척 당황했을 것이다. 하루 측량일에 3달러를 벌던 사람에게 60달러는 너무 큰 돈이었다.

초겨울의 차가운 공기를 마음껏 들여마시면서 링컨은 스프링필드에 이르러 생가몬 출신의 의원 세 명과 합류하여 당시의 일리노이 수도이던 밴데일리아로 마차를 몰았다. 이틀이나 걸렸다. 이제부터 켄터키 출신 나무꾼의 아들 앞에 다양한 미래가 전개되는 것이다.

제4장
꿈 많은 시골 정치인

링컨이 뉴세일럼에 살면서 그 지방의
도로나 하천 개선 등의 문제를 다룬 경
험은 있어도 막상 주 의회에 와 앉아보
니 '촌닭 관청에 온 것 같다'는 표현이
적절하였다. 정치에는 보다 크고 심각
한 문제들이 있다는 사실을 비로소 깨
닫게 되었다.

꿈 많은 시골 정치인

　그 당시의 밴데일리아는 인구 8, 9백 명의 소읍이었고, 지리적 조건도 여러모로 불리하여, 장차 큰 도시로 발전하기는 어려울 것같이 보였다. 링컨은 오히려 스프링필드에 대해서 몇갑절 좋은 인상을 받았던 것이 사실이다. 그러나 주 의회가 열리고 주 대법원도 개정되고 보니 초라한 밴데일리아도 정치에 뜻을 둔 한 젊은이를 흥분시키기에는 부족함이 없었다. 술집의 술잔끼리 가볍게 부딪치며 짤랑거리는 경쾌한 음향, 비단옷으로 단장한 화려한 여인들의 왕래—남자들과 주고받는 우아한 말소리—규모는 작을망정 사교의 계절이 여기서도 막이 오른 것이다. 젊은 사람들의 가슴이 뛰는 것이 당연하였다.

　링컨이 뉴세일럼에 살면서 그 지방의 도로나 하천 개선 등의 문제를 다룬 경험은 있어도 막상 주 의회에 와 앉아보니 '촌닭 관청에 온 것 같다'는 표현이 적절하였다. 정치에는 보다 크고 심각한 문제들이 있다는 사실을 비로소 깨닫게 되었다.

노예제도가 정치적으로 커다란 비중을 차지하는 문제라는 것을 피부로 느낄 수 있었다. 노예폐지론자들의 심각한 표정과 열띤 항변에서 장차 있을지도 모르는 엄청난 비극을 예감할 수도 있었다. 주에 은행을 설립하는 일, 금주운동, 그밖에도 교육, 관세, 국유지 처분, 법원 설치, 철도 가설, 운하 개통, 불경기 타개 등등 그가 일찍이 상상도 못했던 까다로운 문제들이 논의 거리로 등장하였으니 그가 어리둥절할 만도 했을 것이다.

첫 회기 동안, 주 의회 의원 에이브라함 링컨은 초선의원답게 조용하기만 했다. 그는 모든 토론과 논쟁의 자리에 부지런히 나타났으나 대체로 침묵을 지키면서 그저 듣고 관찰하고 배우기만 하는 것으로 만족하는 것 같았다. 과연 지혜로운 사람이다.

그러나 정치하기 위해서 이 세상에 태어난 것 같은 그가 아무리 초선의 풋내기였기로소니 '정치'하지 않고 있었을 리는 만무하다. 주변 사람들을 겸손하게 대함으로써 우선 한 인격이 풍길 수 있는 가장 강한 향기를 그들의 가슴속에 심는 일을 게을리하지 않았다. 그것도 정치다.

사람을 사귀는 일, 친구를 얻는 일—정치에 뜻을 둔 사람에게 있어서 그보다 더 중요한 일은 없지 않겠는가? 오늘은 별것이 아니지만, 내일에는 큰 재목이 될 만한 동지를 찾는 것, 찾아서 우정을 키워나가는 것ㅡ. 이것이 그가 할 수 있는, 또 해야 하는 시급한 일이었다.

사람이 분위기를 만든다고도 하지만 분위기가 사람을 만드는 사실 또한 시인할 수밖에 없다. 우연인지 필연인지 당시의 일리노이 정가에는 스티븐 더글러스를 위시하여 훗날 미국 정계를 주름잡을 거물급 인사들이 아직도 햇병아리의 처지에서 떼를 지어 모이를 쪼아먹고 다녔다 하여도 지나친 말은 아닐 것이다. 그 틈에서 링컨도 자란 것이다. 어찌하여 어느 특정한 시대, 어느 특정한 지역에서 훌륭한 인물들이 쏟아져나오는지 아직 아무도 명확한 설명을 제시한 일은 없지만 동서고금을 막론하고 그 엄연한 사실을 부인할 수는 없다.

그에게는 확실히 성장의 능력이 무한하게 있었던 것 같다. 시골에 살 때에는 시골 사람같고 우편국장으로 있을 때에는 우편국장에 어울리게 처신했다. 이제 뉴세일럼보다는 비교도 안되게 화려한 밴데일리아에서 주 의회 의원 노릇을 하게 된 링컨은 그 처지, 그 신분에 어울리게 행동할 줄을 알았다. 변호사 개업을 했을 때에는 변호사다웠다. 민주사회의 최고의 권력의 좌인 대통령의 자리에 올랐을 때에는 그는 정말 대통령다웠다. 뉴욕의 부르크스 브라더즈라면 그 당시 미국에서 제일가는 양복점이었는데 대통령 링컨은 거기서 양복을 지어다 입었고 총에 맞아 쓰러졌을 때 피에 젖었던 그 옷도 부르크스 브라더즈에서 만든 것이었다. '어울림'은 동양에 있어서만 아니라 서양에서도 소중한 덕목임을 새롭게 인식해야 할 것이다. 군자는 어울리나 같은 것 아니고, 소인은 어울리지 않으나 다른 것 아니라는 옛글대로다.

한때 대장장이라도 되어볼까 생각하던 그가 변호사가 되기로 결심한 것은 1834년 선거 때라고 한다. 그 당시로서는 박학다식했을 뿐 아니라 가정적 배경에 있어서도 뛰어났던 존 스튜어트는 이미 1828년에 스프링필드에서 개업을 한 변호사인데 그는 이 선거기간 중, 링컨에 대해 개인적으로 친근감을 가지게 되었을 뿐 아니라 이 청년의 투박한 외모에 감춰진 놀라운 능력을 이미 포착했을 것이다. '보통 젊은이가 아니다. 키울 수 있는 데까지 키워야지'―이렇게 다짐한 스튜어트는 그에게 변호사가 될 것을 권면하였다.

사실은 링컨도 오래 전부터 법률에 대한 흥미를 가지고 있었다. 인디애나에 살던 시절에 이미 〈인디애나 개정법〉이라는 책을 공부했을 뿐 아니라 그 고을의 법원에서 재판하는 광경을 직접 가서 지켜본 일도 한두 번이 아니었다. 일설에 의하면 그는 1832년부터 변호사가 되려는 꿈을 품었다고 한다. 여러 가지 사정이 허락하지 않아 본격적인 공부를 시작하지는 못했으나 그런 중에도 동리 사람들의 무허가 법률서사 노릇은 능히 해냈던 모양이다. 워낙 글씨를 잘 쓰고 문장에 능하고 또 법에 대한 관심도 컸을 뿐 아니라 남의 일 돌보기를 즐겨 하는 그의 성격 때문에 아마도 이웃 사람들의 소송사건에까지 관여하게 되었을 것이다.

이런 그에게 변호사가 되라는 스튜어트의 권고는 상당한 용기를 주었다. 그래서 그는 이 친구에게서 법률서적을 빌려가지고 있는 힘을 다 기울여 법률을 공부하게 된 것이다. 틈틈이, 조용한 나무그늘을 찾아가 누운 자세로 책 읽기에 여념이 없는 그의 모습을 직접 본 사람들이 적지 않았다고 한다.

스프링필드의 한 경매장에서 유명한 블랙스톤의 〈주석〉을 헐값으로 입수했을 때의 기쁨은 말로 다하기 어려웠다. 그는 이 책의 내용을 완전히 자기것으로 소화하기까지 읽고 또 읽었다. 그밖에도 많은 법률책을 구해다 탐독하였다. 책을 얻기 위해 때로는 말도 못 타고 먼 길을 걸어서 가야 하는 고생도 여러 번 겪어야만 했다. 당시의 그를 알던 사람들의 말에 의하면 그는 항상 침울하고 수줍은 듯한 표정이었으나 일단 말문이 열리면 표정이 일변하여 누구나 그의 성격이 강하고 두뇌가 명석함을 곧 알아차릴 수 있었다고 한다.

1836년 변호사 시험에 합격하기까지 겨우 입에 풀칠이나 해가면서, 길고 고된 배움의 길을 싸우며 나아갔다.

그 해 8월에 그는 주 의회에 다시 출마하여 최고 득표자로 재선의 영광을 누렸다. 차차 정치의 기반이 잡혀가고 있는 것이다. 뿐만 아니라 그 해에 구성된 일리노이 주 의회는 일리노이 역사상 일찍이 유례가 없었던 박력있고 호화스런 회기를 창조했으니, 링컨의 정치적 재능도 점차 실력 발휘의 기회를 얻게 된 셈이다. 그는 휘그의 원내총무로 선출되었고, 모두 키가 6척이 넘는다고 해서 속칭 '키다리 9인'으로 알려진 휘그당의 젊은 패가 든든하게 그를 뒷받침하여 주고 있었다. 죄다 유능하고 믿을 만한 친구들이어서 그들의 단결은 어떤 난관도 뚫고 나갈 것같이 보였다.

생가몬 카운티 출신의 '키다리 9인'은 일리노이 주의 수도를 밴데일리아에서 스프링필드로 옮기기로 이미 합의를 보고 고향을 떠나온 것이다. 정치에는 흥정이 따른다는 것을 여기서 배우게 된다.

이 회기에서 민주당의 더글러스는 일리노이 주의 예산과 경비를 가지고 철도, 도로, 운하 등을 건설할 거창한 계획을 안건으로 제출하였다. 그때 링컨은 재정위원장 직을 맡고 있었는데, 생가몬 출신의 의원들은 이 안건을 적절하게 요리하면, 자기들에게 대단히 유리하다는 사실을 알고 있었다. 모든 의원들이 다 자기 출신 지구에 보탬이 되는 시설을 원하고 있었으므로 호혜의 원칙에 따라 저쪽에서 원하는 것을 주고 이쪽에서 바라는 것을 얻을 수가 있다는 요령을 재빨리 터득하였다는 것이다.

링컨의 부드러운 대인관계가 또한 무기이기도 했다. 회의실과 술집을 누비며 사람들을 웃기기도 하고 등을 두들기기도 하고 때로는 손목을 꽉 잡기도 하면서 정치 흥정을 벌여 마침내 일리노이의 수도를 스프링필드로 옮겨오는 데 성공하였다. 큰 성공이었다. 물론 밴데일리아를 계속 수도로 삼자고 고집하는 반대자들이 맹렬한 반격을 가해 오지 않은 바 아니나 링컨 지휘하에 있는 '키다리 9인'의 지혜와 박력을 당할 도리는 없었던 것이다.

이 회기 중에 일리노이 상·하원은 공동으로 〈노예제도 폐지론자 규탄안〉을 제출하였다. 내용은 미국 헌법이 노예를 재산으로 소유할 권리를 인정하고 있으니 노예제도의 존속은 전적으로 각 주의 권한에 속한 것이며, 연방정부는 수도 워싱턴이 자리잡고 있는 콜롬비아 구역에서 노예제도를 폐지할 법적 권한이 없다는 것이다.

이 결의안은 노예제도에 관한 링컨의 의견과는 너무나 거리가 멀었다. 그래서 그는 이 규탄 결의안에 단서라도 붙이려 했으나 뜻대로 되지 않았다. 뚜렷한 자기 의견이 있음에도 불구하고 그가 침묵을 지켰다는 사실은 대단히 의미심장한 바 있다.

우선 노예문제는 당시 서부사회가 지닌 가장 심각한 정치문제였으므로 섣불리 칼을 들고 나서는 것이 위험천만이라는 사실을 잘 알고 있었다. 그뿐 아니라 그는 꼭 통과시켜야 할 중요한 안건이 있는데, 의원들의 악감을 산다는 것이 얼마나 지혜롭지 못한 짓인가를 잘 알고 있었기 때문에 참고 때를 기다린 것이다. 결국 찬성 77표에 반대 6표로 노예제도를 두둔하는 이 부끄러운 결의안은 일리노이 주 의회를 통과하고 만 것이다. 물론 링컨은 부표를 던졌다. 그러나 그 회기에서 그가 원했던 법안들을 다 통과시키고 나서 그는 이미 1개월 반이나 전에 처리된 그 결의안에 대한 항의문을 발표함으로써 노예문제에 관한 자기의 입장을 밝히게 되는 것이다. 일에는 반드시 앞뒤가 있는 법이다. 먼저 할 일을 뒤로 미루어도 안되지만 뒤에 할 일을 앞당겨도 뜻을 이루지 못하는 것이 사실이다.

1837년 3월 3일자로 된 그 항의문의 내용은 간단명료하다.

'현 회기 중 주 의회의 상·하원을 통과한 노예문제에 관한 결의안을 하기 서명자는 반대함을 이에 밝히는 바입니다. 우리는 노예제도가 불의한 것일 뿐 아니라 또한 잘못된 정책 위에 터하고 있음을 확신하나 노예제도 폐지를 법으로 제정함이 이 제도의 폐단을 줄이기는커녕 오히려 조장할 우려가 있음을 또한 확신하는 바입니다.

이와 같은 우리의 의견과 이미 통과된 결의문의 내용 사이에는 엄연할 차이가 있으므로 본 항의문을 제출하는 바입니다.'

이 항의문에는 링컨 외에 댄 스톤이라는 스프링필드의 변호사이자 생가몬 출신 하원의원이던 한 젊은이의 이름도 붙어 있다.

링컨은 젊은 나이에 이미 노예제도에 관한 자기의 의견을 이렇게 밝혀두었다. 노예제도는 악한 것이고 정책적인 면에서도 졸렬하다고 그는 믿고 있었다. 노예문제에 관한 그의 도덕적인 입장은 그 후에 여러 가지 시련을 겪으면서도 흔들리지 않았다. 다만 그 악을 제거하는 방법을 그 시대와 환경에 적절하게 맞도록 깎고 다듬었을 뿐이다.

1837년 봄, 링컨은 뉴세일럼을 떠나 스프링필드에 거주하게

88

된다. 떠나는 이유는 간단하였다. 뉴세일럼은 이미 쇠퇴해 가는 마을로서 전혀 장래가 없었고 변호사 개업을 하려는 마당에 보다 기회가 많고 장래성도 큰 스프링필드를 택할 수밖에 없었던 것이다.

말 한 필의 등 위에 그의 지상의 온갖 소유물을 다 싣고 그는 새로 일리노이 수도로 지정된 스프링필드로 간 것이다. 4월 15일, 이제 나이는 스물여덟─. 생일을 지난 지 두 달이 좀 넘었을까, 그는 56년 생애의 아주 한가운데를 향해 걸어가고 있었다고나 할까. 그가 앞으로 살 수 있는 세월도 꼭 28년밖에 남지 않았던 것이다.

그 당시 스프링필드의 인구는 2,500명 정도, 잡화상이 열아홉, 식품상이 여섯, 여관이 넷에 커피집도 넷, 약방이 셋, 옷가게와 신발가게는 각기 두 곳뿐이었으나 개업한 의사가 열여덟에 변호사는 열한 명이나 되니 살 만한 곳이었다고 할까.

아낙네들은 이 신흥도시의 물건값이 너무 비싸다고 불평들이었다. 버터 한 파운드에 8센트, 계란 한 꾸러미는 6센트, 쇠고기는 한 파운드에 3센트, 돼지고기는 2센트, 커피는 파운드 당 20센트고 설탕은 10센트.

일손은 구하기 어려운 실정이었다. 농삿일을 봐주는 장정은 침식의 편의를 제공받는 이외에도 일년에 120달러의 노임을 받을 수 있었고, 여자들도 주당 2달러를 거뜬히 벌 수 있었다니 과연 상당한 벌이였다고 하겠다.

싸구려는 토지뿐이었다. 땅만은 어디나 넉넉하였다. 한 에이
커(1,200평)에 1달러 25센트를 넘는 땅이 없는 형편이었다. 사람
은 귀하고 땅은 흔한 그런 곳에서 사는 것이 인간에게는 이상적
일지도 모른다. 이런 넓은 땅에서 맑은 공기를 마음껏 마시며
그는 점차 성숙하여 갔다. 노자(老子)가 〈도덕경(道德經)〉에서
말하는 '자연 그대로인 재목'은 아마도 이런 환경에서만 자라는
가보다.

다행히도 그는 스튜어트와 함께 개업하여 같은 법률사무소를
사용하게 되었다. 스튜어트는 스프링필드에서 이미 명성이 자
자한 변호사였고 그런 토대 위에 자기의 자리를 굳힌다는 것은
여간한 행운이 아니었던 것이다.

그러나 그의 주된 관심은 법률에 있지 않고 정치에 있었다.
나폴레옹의 관심이 군사에 있지 않고 정치에 있었던 것이나 마
찬가지다. 전략이나 전쟁은 정치를 위한 방편에 불과하였다고
보는 것이 타당할 것이다.

링컨은 열심히 뛰었다. 일리노이의 수도를 밴데일리아에서
스프링필드로 옮겨오는 데 성공은 했지만 이에 반대하는 세력이
없었을 리는 만무였고, 그들은 그들대로 뭉쳐 울분을 터뜨릴 기
회만을 노리고 있었다.

그가 스프링필드에 정착한 지 넉 달도 못되어 그곳 카운티에
서 지방판사 선출을 위한 선거가 실시되었다. 휘그당과 민주당

에서 각기 후보를 내세웠는데, 링컨은 아마도 이때에 얻은 뼈아픈 경험을 평생 잊지 않았을 것이다.

이런 사연이 있다. 그 선거에 출마한 민주당 후보가 어느 과부의 땅 10에이커를 속여 빼앗았다는 소문이 나돌고 있었다. 그래서 링컨이 내용을 조사해 본 결과 그 과부의 호소에는 충분한 근거가 있다고 인정되어 소송을 제기하기에 이르렀다.

여기서 끝났으면 아무 탈이 없었으련만 당파심을 따라 선거에 이기려는 욕심만이 강하던 휘그 당원들이 상대방의 이런 약점을 그대로 못 본 체 버려두었을 까닭이 없다. 이런 음모에 링컨은 본의건 본의 아니건 말려들게 된 것이 사실이다.

그 당시 그 지방에서 휘그당의 기관지로 발간되던 〈생가몬 저널〉에 누군가가 익명으로 보낸 몇장의 편지가 말썽이 됐다. 그 내용은 두말할 것도 없이 문제의 그 땅이 응당 그 과부의 소유이어야 할 것인데 민주당으로 입후보한 그 자가 협잡으로 가로챘다는 것이다.

그 편지의 저자가 틀림없이 링컨이라면서 민주당측은 살기가 등등하여 반격을 시도하였다. 그 편지를 링컨이 썼는지 아닌지는 아직도 확실치 않으나 그가 이 일에 관여한 흔적만은 뚜렷하다.

민주당 후보는 그들의 기관지를 통하여 자신의 결백만을 내세우는 동시에 자기를 모함하려는 몇놈의 휘그 변호사들의 작간이라고 펄펄 뛰는 것이었다. 그러던 차에 선거일을 이틀 앞두고 무명씨로 된 삐라가 한 장 나돌지 않는가. 누군가가 그 토지 사 취에 관한 전말을 상세하게 기록하여 돌린 것이다. 후일 링컨은 그 삐라가 자기의 작품이라고 솔직히 시인했는데, 이것이 뜻하 지 않았던 역효과를 내고 말았다.

인심이란 묘한 것이다. 민중은 약한 자를 도우려는 야릇한 심 리를 갖고 있다. 민주당 후보가 박해를 받고 있다고 그릇 판단 하였기 때문에 그를 동정하게 되었고 그는 압도적으로 당선의 영예를 차지하였으니 휘그는 선거에 지고 인심만 잃은 셈이다.

링컨이 부정부패의 내막을 밝히고 정직을 드러내려는 뜻은 좋 았으나 방법이 좋지 않았다. 법정에서 옳고 그름을 가려내야 할 일이 있고, 정치적으로 처리해야 할 일이 있는 법이다. 익명의 편지를 쓰거나, 삐라를 만들어 돌리는 것 같은 무모한 방법이 기대했던 결과를 가져오기는커녕 오히려 엉뚱한 부작용을 나타 낼 수도 있다는 귀중한 교훈을 얻었다. 수단 방법은 문제삼지 말자고 하지만, 목적이 좋으면 방법도 또한 좋아야 한다.

그는 간단없이 배우고 있었다. 변호사 일을 보면서도 일리노 이 주 전체의 일에 부단히 관심을 쏟았다. 아니다. 일리노이만 이 그의 관심의 한계일 수가 없었다. 주의 경계를 넘어 국가 전 체의 운명에 더욱 큰 관심을 가지게 되었다.

가장 심각한 문제는 역시 노예제도였다. 이 제도의 전면 폐지 를 주장하는 이들의 열띤 부르짖음이 흑인노예를 생활의 바탕으 로 삼는 남부 인사들에게는 커다란 위협이 아닐 수 없었다. 북부라고 평온하지는 않았고, 도처에 폭력이 난무하는 어지러운 사태가 벌어졌다.

미조리에서는 백인 피가 섞인 흑인이 (물론 흑인으로 간주되었지만) 체포하려 드는 백인 경관을 찔러 죽이고 붙잡혔는데, 격분한 시민들의 손으로 화형에 처해졌고 지방판사는 그들의 불법을 탓하지 아니하였다.

남쪽 미시시피에서는 폭도들이 세 사람의 직업적 도박사를 목매달아 죽였다. 링컨이 살던 일리노이 주의 앨튼이라는 곳에서 노예제도 철폐를 주장하여 널리 알려졌던 언론인 일라이자 러브조이가 암살당한 끔찍한 사건도 발생하였다. 세상이 점점 어지러워지고 있었다.

러브조이가 암살된 지 석달이 채 못된 어느 날, 링컨은 스프링필드의 어떤 청년집회에서 법과 질서의 필요성을 강조하는 강연에 열을 올리고 있었다.

이 강연의 내용을 잘 검토해 보면 이 젊은 정치인이 이 시기에 가졌던 문제의식을 쉽게 이해할 수가 있다. 그는 미조리와 미시시피에서 있었던 폭행을 상기시키면서 법없고 질서없는 사회의 위험이 어떻다는 것을 명백히 지적하였다.

"본인의 염려가 기우이기를 바랍니다마는 기우가 아니라면 아직도 우리에게는 무슨 불길한 징조가 가시지 않고 있다고 믿습니다. 오늘날 전국을 휩쓸면서 계속 기세를 올리고 있는 불길한 징조란 법을 경시하는 경향이며 법원의 냉정한 심판을 거쳐야 할 일을 멋대로의 광분한 격정에 내맡기는 경향입니다.

야만인보다 고약한 폭도들이 정의를 구현하는 역할을 대신하고 있습니다."

그러나 이 강연에서 링컨은 러브조이의 피살사건에 노골적으로 언급하지는 않았고 다만 '자유의 전당의 기둥들이 무너졌으니 냉정한 이성의 단단한 채석장에서 돌을 깎아다가 새 것으로 낡은 것을 대치하는 것이 후손들의 할 일'임을 강조하였다. 사실 스프링필드라는 곳은 북부에 있으면서도 남부의 배경이 강한 지방이라 노예제도 폐지를 선동하는 강연을 호감있게 받아들일 리가 없었기 때문이다.

그는 참으로 조심성있는 정치인이다. 민중보다 미리 생각하고 앞서나가는 것이 지도자의 책임이기는 하지만 얼마를 앞서는 것이 이상적이냐를 빨리 파악하는 것이 유능한 지도자의 슬기라고 한다. 무턱대고 앞으로만 나가면 민중이 뒤따라오지 않기 때문에 사실은 지도자의 구실을 다하지 못하고 쓰러지게 마련이다. 민중의 여론보다 지나치게 앞서는 것은 정치인의 자살행위임을 그는 누구보다도 잘 알고 있었기 때문이다. 필요하면 여론을 움직여야 한다. 그러나 여론을 조작하는 것은 용서받기 어려운 죄악이다. 속임수를 쓰는 사람은 결국 그 속임수 때문에 멸망을 면치 못하게 되는 것이다.

노예문제를 놓고 그가 연출한 일종의 정치적 곡예는 이러한 원칙에서 풀이해 볼 때 과연 탄복하지 않을 수 없다. 여론을 적당하게 자극은 하지만 절대로 여론을 앞질러 뛰어서는 안된다는 원칙 말이다.

링컨은 이미 일리노이 정계에서는 두드러진 존재가 되고 말았다. 그래서 1838년 12월 하원의 의장으로 천거되기도 하였다. 뜻을 이루지 못하여 원내총무로 머물렀으나 그의 힘의 범위는 크게 확대된 셈이다.

1840년 그는 주 의회에 네번째 당선되어 다시 한번 하원의 의장직을 노렸으나 실패하여 원내총무 일을 계속 맡아보면서 휘그당의 크고 작은 일을 다 돌보았다. 8년 동안의 주 의원직이 반드시 화려하지는 않았고 만족할 만한 것도 아니었지만 귀중한 경험의 기간이었음은 의심의 여지가 없다. 그는 정치라는 곡예의 각가지 기술을 몸에 배도록 잘 익혀두었다. 시인은 먼저 언어를 구사하는 천재이어야 하듯 정치인은 먼저 사람을 다루는 능력을 키워야 한다. 그것이 노력없이 되는 일은 아닐 것이다.

이 꿈 많은 젊은 정치인은 그 꿈을 키워나가기 위해 착실한 노력을 계속하고 있다. 잡초와 가시덤불이 무성한 이 현실의 세계를 아름다운 꿈의 동산으로 가꾸는 것이 한 정치인에게 부여된 가장 고귀한 사명이라면, 이 사명을 다하기 위해 지도자가 치러야 할 희생은 너무나 가혹한 것이다. 그러나 그는 꾸준히 전진하고 있다.

그 '꿈의 동산'을 바라보면서.

제5장
사랑의 계절

그녀의 죽음의 충격이 얼마나 컸던지
그는 잠도 안 자고 먹지도 않고 실신한
사람처럼 세월을 보내고 있었으므로 그
의 친구들은 그가 혹시 자살이라도 하
지 않을까 염려스러워 안전책을 강구할
정도였다고 한다.

사랑의 계절

그 까닭을 밝히 알 수는 없으나 사랑이란 비밀스런 요소를 다분히 지니고 있다. 남자와 여자의 사랑인 경우에 더욱 그런 것 같다. 이성으로부터 전해진 사랑의 편지를 공개하고 싶어하는 사람은 없을 것이다.

링컨이 젊어서 뉴세일럼에 살던 때 그 마을에서 주막을 경영하던 어느 집의 어여쁜 딸을 열렬히 사랑한 일이 있다는 이야기는 그가 대통령이 된 후부터 나돌기 시작했으나, 링컨 자신은 단 한번도 그런 이야기를 입밖에 낸 일도 없고 어렴풋하게 짐작이라도 할 수 있는 조그마한 암시조차 던진 일이 없다.

설사 무슨 일이 있었다 한들, 링컨같이 철저한 비밀주의자가 사랑했던 사실에 언급이나 하였을까보냐? 그러니까 각자의 억측이 더욱 상상력을 자극하여 앤 러틀리지와 링컨의 로맨스는 역사상 유례를 찾아보기 어려울 정도로 아름답고 애절한 것이 되었는지도 모른다.

전하는 말에 의하면 그 사랑의 이야기는 대략 이러하다.

무명의 청년 링컨이 앤 러틀리지를 알게 된 것은 그가 뉴세일럼에 처음 와서 그 처녀의 아버지가 경영하던 주막에 기숙한 때부터였다. 그 당시 앤은 자유로운 몸이 아니었다. 그에게는 이미 약혼한 남자가 있었다. 그러나 이 약혼자는 동부 지방으로 그의 부모를 만나러 간 후 몇해가 지나도 돌아오질 않았다. 젊은 여자로서는 견디기 어려운 고통이었을 것이다. 이 시절에 그를 가까이 돌보아주면서 어쩔 수 없이 사랑에 빠지게 된 젊은이가 바로 링컨이라는 것이다. 청년의 나이는 스물다섯.

그들의 사랑은 오래 지속되질 못하였다. 1835년 여름, 스물두살의 그녀가 돌연 열병에 걸려 몇주간 사경을 헤매다가 정성스러운 남자의 간병의 보람도 없이 세상을 떠나고 말았다.

그녀의 죽음의 충격이 얼마나 컸던지 그는 잠도 안 자고 먹지도 않고 실신한 사람처럼 세월을 보내고 있었으므로 그의 친구들은 그가 혹시 자살이라도 하지 않을까 염려스러워 안전책을 강구할 정도였다고 한다. 그러나 얼마 후 그는 마음의 평화를 되찾고, 정치 활동을 계속했으나 첫사랑의 상처는 평생토록 아물지를 않았고, 비록 후년에 결혼을 하기는 하지만 그의 마음은 항시 앤 러틀리지의 무덤가를 맴돌고 있었다는 것이다.

이 로맨스를 대대적으로 선전하여 후세의 시인·극작가의 호기심에 불을 지른 장본인은 링컨과 법률사무소를 같이 쓰던 윌리엄 헌든이라는 젊은 변호사였다.

이 사랑의 진실을 밝히기 위하여 그는 수많은 사람들과 면담도 하고 서신 교환도 했다는데 그중에는 이런 것도 있다. 링컨과 동향인으로 자처하는 아이잭 커그달이라는 사나이는 1860년 링컨이 대통령에 당선되어 스프링필드를 떠나기 좀전에 이렇게 그에게 질문하였다는 것이다.

커그달 앤 러틀리지를 사랑하여 구혼까지 하셨다는 말이 사실입니까?

링 컨 정말이구말구요. 이날까지 앤 러틀리지란 이름은 내게는 소중한 이름입니다.

커그달 대단히 열렬하셨다던데 사실인가요?

링 컨 그렇다마다요. 미칠 지경이었지요. 그것이 나의 첫사랑이었습니다. 정말 마음과 정성을 다해서 그 여인을 사랑했습니다. 참 잘생긴 여자였어요. 아마 훌륭한 아내 노릇을 했을 겁니다. 부자연스러운 데가 없고 아주 지성적이기도 했습니다— 교육을 많이 받지는 못했지만요. 그 여성을 나는 진정으로 사랑했습니다.

링컨의 성격을 아는 사람은 이런 말이 그의 입에서 나왔으리라고는 도저히 상상할 수 없다. 그런 사실이 설사 있었더라도 그런 말을 할 사람이 아니다. 이런 재료를 토대로 엮어진 헌든의 '링컨과 앤 러틀리지의 로맨스'는 신빙성이 박약한 '이야기'에 불과하다고 할 수밖에 없다.

그러나 후세의 미국인이 죄다 그 이야기를 그대로 믿고, 이미 미국 역사의 전설의 일부로 만들어버렸다는 사실이 문제이다. 역사가가 아무리 '증거 불충분'을 외친다 해도 이 전설은 그대로 살아남아 에이브라함 링컨의 이름이 기억되는 한, 앤 러틀리지의 이름도 또한 기억될 것이 확실하다. 1890년에는 그녀의 무덤이 링컨의 묘소에서 멀지 않은 곳으로 이장되었고, 새로 세워진 묘비에는 저명한 시인의 애달픈 시 한 구절이 새겨져 있다.

이 잡초 밑에 잠들어 있는
나 앤 러틀리지는
에이브라함 링컨이 사랑하던 여인

그런 사랑의 경험이 그에게 있었는지 없었는지 우리는 알 길이 없지만 설혹 그런 일이 있었다 하여도 그가 그 타격에서 평생 헤어나지 못하였다는 주장을 뒷받침할 하등의 사료도 남아 있지 않다.

그러나 링컨과 메리 오엔스와의 관계는 좀더 구체적이었다. 이 '뚱뚱한 여인'에게 그가 청혼한 일이 있었던 것은 사실이다. 1837년의 일이었다. 나이도 한 살 많던 여인—피부 빛깔은 희고 깊숙한 파란 눈에 검은 고수머리를 한 여인—다섯 자 다섯 치의 키에 체중이 170파운드나 나가던 이 살찐 여인을 어찌하여 링컨이 사랑하게 되었을까?

링컨으로서는 퍽 외롭고 쓸쓸한 시절에 메리 오엔스가 그의 앞에 나타난 것이었다. 이 거대한 여인에게서 링컨은 그의 어머니의 모습을 보았기 때문이었다. 프로이트의 학설을 빌지 않더라도 모든 아들이 모성애의 환상을 버리지 못하는 것이 사실이고, 정도의 차이가 있을 뿐이지 남자는 누구나 어머니처럼 감싸주는 여인의 품을 그리워하는 것이다.

사정이야 어찌되었건 그는 이 여인에게 호감을 품었고 결혼할 의사도 없지 않았다. 그러나 세월이 흐름에 따라 두 사람의 사랑은 식어만 갔다. 오엔스는 상당한 교양을 지닌 소위 '노처녀'였는데 그녀의 눈으로 볼 때 링컨은 갖출 것을 갖추지 못한 무례한 사람이라는 느낌이 점점 강해진 것이다.

한번은 링컨과 메리를 포함한 한 떼의 젊은 쌍쌍이 말타기를 즐긴 일이 있었다. 때마침 강을 건너게 되어 다른 남자들은 다 자기 짝을 부축하여 신사답게 물을 건넜건만 유독 링컨만은 메리의 일을 까맣게 잊은 듯 뒤를 돌아다보지도 않은 채 혼자서 건너편 강 언덕에 다다랐다고 한다. 고생 끝에 강을 건넌 메리는 링컨에게 쏘아붙이며 이렇게 비꼬았다.

"훌륭도 하십니다. 내 목이 부러지건 말건 당신은 상관도 안 하셨나 보죠?"

링컨의 대답이 걸작이었다.

"하도 똑똑하신지라 그만한 일은 넉넉히 감당하실 줄 미리 알고 있었지요."

이런 일이 거듭됨에 따라 여자는 점점 링컨에 대해 정나미가 떨어진 모양이다. 링컨의 입장에서도 이 여자가 결혼의 상대로는 부적당하다고 차차 느끼기 시작하였다. 그러나 저지른 일을 어떻게 하나? 여자 쪽에서 원한다면 혼인을 해야지! 1837년 8월 16일자 편지에서 그는 분명히 장차의 일을 전적으로 여자의 손에 맡긴다고 하였고, 무슨 일이건 바르게 처리하고 싶은 중에도 여자 문제에 관해서만은 더욱 그렇다고 하였다.

그렇지만 과연 오엔스가 자기와 같은 사람과 함께 살아서 행복하겠는지 의문이라고 하면서 여자가 원한다면 자유롭게 풀어줄 용의가 있고 또 그녀가 결혼으로 더욱 행복하리라고 한다면 기꺼이 그 요구에 응하겠다고 부언하였다.

묘한 심리의 작용이며 어느 면에서는 신통한 전략이기도 하다. 여자가 싫어진 것이다. 명예롭게 상대방을 후퇴시키는 길이 무엇인가? 여기에도 그의 정치적 수완이 발휘된 셈이다.

사랑에도 전쟁에도 링컨은 철저하게 정치적이었다고 할 수 있으리라.

링컨이 젊고 발랄한 스물한 살의 처녀 메리 타드를 처음 만난 것은 1839년 12월 9일 밤, 새 수도 스프링필드의 무도회에서였다. 메리 타드가 결혼한 자기 언니를 찾아 켄터키의 레크싱턴으로부터 스프링필드로 온 지는 얼마 되지 아니하였다. 젊은 처녀에게 무슨 별다른 목적이 있었겠는가! 적당한 신랑감을 고르자는 목적 외에야! 이 무도회에서 링컨은 그녀의 곁으로 다가가 이렇게 말문을 열었다.

"타드 양, 제일 춤출 줄 모르는 사람과 한번 춤을 추어보시지요."

먼 후일 그 일을 회고하면서 메리 타드는 "정말 그 사람 말한 그대로더군요"라고 하였다는 것이다. 춤을 춘 것이 아니라 그저 서 있기만 한 모양이다.

생김새도 이상하고 체격도 편안하지 않고 옷도 잘 어울리지 않고 춤도 출 줄 모르는 이 젊은 가난뱅이 정치인의 어디가, 교양있고 문벌 좋은 이 똑똑한 여성의 마음에 꼭 들었는지 인간의 상식만으로는 헤아리기 어렵다.

그 저녁 이후 이 두 젊은 남녀는 빈번히 만나서 책이나 시집을 같이 읽기도 하고 정치적 문제의 토론을 즐기기도 했다. 그러나 두 사람이 만나서 대화가 시작되면 주로 여자가 떠들고 남자는 옆에서 경청만 하고 앉아 있는 것이 보통이었다. 그런데 이 초라한 주 의회의 하원이 어쩌자고 사치성과 낭비벽이 뛰어난 이 젊은 미녀에게 정신을 빼앗기고 있는 것인가?

과연 수수께끼 같은 일이다.

메리 타드의 가문과는 감히 비교도 못할 정도로 어마어마한 것이었다. 그녀의 증조할아버지는 독립전쟁 때의 장군이었고, 그의 할아버지는 민병대의 소장으로 켄터키 지방을 인디언들에게서 **빼앗는** 일에 적지 않은 공을 세웠다고 한다. 그녀의 아버지는 취미도 다양한 실업인이자 정치인으로 사회적인 신분이 대단하였다. 이런 환경 속에서 메리는 성장하였고 귀족적인 학교에 다니면서 교양을 쌓아 불어, 음악, 무용, 연극 등 각 방면에 상당한 수준을 지니고 있었다. 키는 작은 편이었으나 용모와 교양이 다 뛰어난 여자였음은 의심의 여지가 없다.

2년 동안 메리 타드는 링컨을 못살게 굴었다. 때로는 그를 절망으로 몰아넣기도 하고 괴롭히기도 하였다. 요컨대, 메리는 링컨이 자기 스스로의 세계를 깊이 파고들어, 그가 누구인가를 파악하지 않을 수 없는 귀중한 시련의 기회를 제공한 것이다. 이런 여자를 똑똑한 여자라고 한다. 때로 그것이 남자에게 회복하지 못할 깊은 상처를 주는 수도 있기도 하겠지만.

이 기간 동안에 그가 정신의 안정을 잃고 의사의 도움을 받아야 했던 것도 사실이다. 그렇다면 그 2년 동안에 무슨 큰일들이 일어났기에 대장부의 내면의 생활이 그토록 큰 충격을 경험했단 말인가?

아마도 1840년 겨울에 가서, 링컨은 메리 타드와 결혼할 것을 맹세했고 그녀 또한 그 청혼을 수락했으리라 짐작된다. 그들은 약혼을 하였다.

혼인의 날짜까지 받았었는지는 알 길이 없으나 그 신성한 서

약 뒤에 아아, 어찌된 이 흔들림이뇨! 메리는 메리대로, 링컨은 링컨대로.

메리가 이즈음 친구에게 보낸 편지에 의하면 그녀는 분명히 결혼 자체에 대하여 심한 회의를 느끼기 시작하였다. 걷잡을 수 없는 심경의 변화다.

이 글에는 감상적인 처녀의 넋두리도 없지는 않으나 삶의 무상함을 탄식하는 염세적 기질이 깔려 있는 듯하다. 그렇지만 다가오는 겨울이 즐거웠으면 하는 그녀의 바람도 명시되어 있었다.

그 겨울이 링컨에게 있어서도 결코 즐거운 겨울은 아니었다. 그도 또한 불안과 근심으로 우울한 나날을 보내야만 했다. 여러 달 선거운동에 지치기도 했으려니와 일기가 불순하고 음식과 잠자리가 불편하여 무척 고생을 하였던 탓인지 기분이 온당치 못하였다. 그는 결혼이 자기 자신에게나 메리 타드에게나 어째서 아무런 유익이 없는 노릇인지 그 까닭을 분명히 헤아릴 수 있었다.

그래서 그는 붓을 들어 파혼해야 할 이유를 적어서 그녀에게 보내기로 하였다. 편지를 다 쓰고 나서 막역한 친구인 조슈아 스피드에게 일단 보여주었다.

"이 사람 정신 나갔나? 이런 사연을 글로 적어 기록을 남겨두면, 이담에 다시 튀어나올 우려가 있지 않나?" 하면서 스피드는 그 편지를 난로에 던져서 태워버리고 말았다.

"자네가 사내다운 용기가 있다면 직접 메리를 찾아가서 사실 대로 말하게. 사랑하고 있지 않다면 말일세. 솔직하게 결혼 않 겠다고 하게. 그러나 빨리 해치워야 하네. 말수는 줄이고 곧 떠 나 나오게."

스피드는 충고의 말을 덧붙였다.

링컨은 메리네 집을 찾아가 자정이 되기까지 돌아오지 않았 다. 그는 돌아오자마자 친구에게 자초지종을 설명하여 주었다.

그가 편지에 적었던 그 내용을 메리에게 구두로 전달한 것은 사실이다. 파혼을 하자고 했을 때 메리는 울음을 참지 못하였 다. 그래서 링컨은 그녀를 품에 안고 입을 맞춰 주었다. 이래서 야 어떻게 파혼이 성립되겠는가? 문을 쾅 닫고 뒤도 돌아보지 않은 채 달려 나오든가, 무슨 입에 담지도 못할 욕설이라도 퍼 붓고 자리를 차며 일어나 나오기라도 해야 파혼이 되지! 그렇 게 마음 약한 사람이 사랑하는 여자와 갈라서다니, 어림도 없는 일!

조물주가 아담과 이브를 창조한 이후 남녀의 관계는 줄곧 이 렇게 파란곡절이 많아야 하는 것인지도 모른다. 미국 노래의 일 절처럼 '나는 때로 당신을 사랑합니다. 나는 때로 당신을 미워 합니다. 그 까닭은 오직 하나—사랑하기 때문'인가? 사랑하기 때문에 싸운다는 말에도 일리가 있다. 싸우고 화해하고, 화해했 다 싸우는 사이에 그 사랑은 깊어가고, 남자와 여자는 헤어질래 야 헤어질 수 없는 관계에 얽매이게 되는 것인지도 모른다.

그들의 다툼은 그 후에도 심심치 않게 되풀이되었다. 두 사람의 불화의 원인이 무엇이었을까? 알렉산더 포프의 말을 빈다면 '모든 여자는 내심으로는 다 요부'일 수밖에 없다니, 메리가 링컨 이외의 남자들과 놀아나기라도 했을까? 정치와 사랑에서 공히 그의 적수이던 스티븐 더글러스와 메리가 팔을 끼고 가는 것을 본 사람이 있다고도 한다. 아니면, 이 두 남녀의 성격과 기질이 하도 차이가 심해서 피차에 용납이 불가능했던 때문이었을까?

링컨의 말대로 '그 숙명의 정월 초하루'는 1841년 새해 첫날에 빚어진 비극이었다. 그들은 다시 헤어지기로 작정하고, 이날 약혼의 매는 줄을 피차 '영원히' 끊어버리고 만 것이다.

파혼이 확정된 후 링컨은 얼빠진 사람처럼 정신의 안정을 찾지 못하여 괴로워했다고 한다. 그래서 칼이나 면도칼 같은 자살에 쓰일 듯한 물건은 일체 그의 손이 닿지 못하는 곳에 감추어두었다고 하는 이야기는 물론 과장이기는 하겠지만 그의 심리상태가 정상이 아니었던 것만은 사실이다.

그는 동업 변호사인 스튜어트에게 이런 말을 했다고 한다.

"내가 현재로는 이 세상에 살아 있는 가장 비참한 사람이오. 만일 나의 이 심경을 전인류에게 골고루 나누어준다면 이 지구상에 웃는 얼굴이란 하나도 없을 것이오. 내 형편이 장차 나아질지 아닐지 딱히 말하기는 어려우나 나아지지 않을 것 같은 예감이 강하게 들어요. 이 상태에 계속 머무르지 못할 것 같소. 짐작컨대 더 나아지지 못하면 죽어야 할 것뿐이오.”

심한 우울증에 빠진 그에게 의사는 전지요법을 권하였다. 여행을 하여 환경을 바꾸면 마음의 안정을 얻을 수 있을 듯도 하였다. 어느 친구는 남미 콜롬비아 보고타에 영사 자리 하나를 얻어 주려고 주선해 보았으나 뜻대로 되지 않아 결국 링컨은 켄터키 루이빌 근처에 농장을 가지고 있는 옛 친구 스피드를 찾아가게 되었다.

켄터키에 도착했을 때 그의 형편은 말이 아니었다. 손톱만한 희망도 지닌 것이 없는 사람 같았다. 그는 스스로 무용지물로 자처하면서 살아서 남들이 기억해 줄 만한 아무런 업적을 남긴 것이 없다고 한숨을 내쉬었다. 그래도 그가 호흡하던 시대의 두드러진 큰일과 관련되어 그의 이름이 남고, 동포 형제에게도 무슨 유익이 될 만한 일을 하는 것이 그의 삶의 간절한 소망이었다고 씁쓸한 표정을 짓기도 했다.

전원의 맑은 공기와 평화롭고 조용한 목장길의 산책은 그가 마음의 안정을 되찾는 데 적지 않은 도움이 되었다. 한가로이 책을 읽기도 하고, 친구 스피드와 기탄없는 이야기를 주고받는 가운데 가슴속의 먹구름을 뚫고 햇빛이 비쳐오는 것 같기도 했다. 어쨌건 그곳에서 몇주간 정양하는 동안에 심신의 건강은 많이 회복되었다. 그는 조금은 행복한 사람이 되어 스프링필드로 돌아올 수 있었던 것이다.

한편 메리 타드의 사정은 어떠했는가? 그녀는 결코 비련의 주인공처럼 우울하지 않았을 뿐 아니라 스프링필드의 사교계의 소용돌이 속을 즐겁고 의젓하게 헤쳐가면서 젊은 미혼여성의 특권을 유감없이 누리고 있는 것 같았다. 어디서나 아는 사람, 모르는 사람의 모든 관심이 자기 한 몸에 집중되는 사실을 흐뭇한 마음으로 즐기고 있는 듯이 보였다.

그러나 겉과 속은 다른 법. 1841년 여름 그녀가 친구에게 보낸 편지에 의하면 파혼 후에 메리 타드는 행복과는 아주 먼 거리에서 한숨짓고 있었다. 그뿐 아니라 링컨과의 관계가 이미 끝나지도 않았고 끝났다고 믿을 수도 없다는 것이다.

"지나간 석 달은 지루하기 짝이 없었어요. 지난 겨울에 같이 있던 명랑한 벗들이 다 떠나버리고 홀로 있어 고독을 벗삼고 생각에 잠기는 일이 많았지요. 흘러간 날의 안타까운 뉘우침―시간의 흐름만이 내 마음의 아픈 상처를 어루만져 주겠지요. 그런 심정으로 나의 봄철을 보냈습니다. 여름이 또다시 그 형용키 어려운 화려한 모습을 드러냈군요. 초원의 아름다움은 예나 지금이나 다름이 없어요. 우리 다함께 거닐며 서로의 우정 속에서 무한한 행복을 누리던 그날들은 이제 가고 다시는 오지 않겠지요마는."

메리 타드는 영리한 여성이었다. 이런 감상에 젖어 있으면서도 현명하게 때를 기다리는 지혜를 지니고 있었던 여성이었다. 그녀의 주변에 왜 남자들이 없었겠는가! 그러나 이 여자는 링컨을 찾고 있었다. 크고 깊고 헤아리기 힘든 그런 남자를 찾고 있었다. 찾지 못했으면 또 기다려야지! 그녀는 링컨의 건강이 회복되기만을 기다리고 있었는지 모른다.

링컨 주변에도 묘한 현상이 하나 벌어졌다. 그가 파혼한 지 꼭 일년 뒤의 일인데 그의 친구 스피드가 결혼 날짜까지 받아놓고 마음이 흔들리기 시작했다는 것이다. 자신이 없다는 것이다. 그래서 그는 링컨의 조언이 필요했다. 링컨은 편지 한 장을 스프링필드를 찾아온 그의 손에 쥐어주며 귀로에 읽어보라고 당부하였다.

편지의 골자는 스피드를 타일러 예정한 날에 결혼식을 올리도록 힘을 주려는 것이었다. 불안하고 고통스러운 심정을 이해 못하는 바 아니나 상대방에 대한 사랑에 자신이 없다는 생각은 집어치우라는 것이다.

스피드가 집에 돌아가, 그 약혼녀가 병마저 얻어 그의 처지가 딱하기 이를데 없다고 하소연하는 글을 보냈을 때 링컨은 서슴지 않고 그대로 파혼을 피하고 결혼을 하는 편이 나을 것이라는 점을 강조하였다. 그리고 자기 자신의 쓰라린 경험을 토대로 이 충고를 주는 것이라고 덧붙임으로써 링컨은 메리 타드와의 파혼을 후회하고 있음을 암시하였다.

스피드는 드디어 결혼하였다. 결혼을 하고도 계속 결혼에 자신이 없다는 그를 링컨은 또한 끈질기게 격려하면서 석 달만 참으면 다 해결될 일이라고 낙관하였다. 마음만 굳게 먹고 인내심을 발휘하면, 결혼에 따르는 걱정과 근심이 영영 자취를 감추리라고 예언하기도 하였다.

스피드에게 준 그의 충고에는 미래의 대통령의 결혼관도 첨부되어 있었다. 그도 스피드도 결혼이 어떤 꿈 같은 낙원을 가져다주리라는 어리석은 망상에 사로잡혀 있었음을 솔직히 시인하자고 하면서, 결혼이 주는 혜택이나 감미로움을 과대평가하였던 옛일을 후회하였다.

"자네 말이, 우리가 그토록 동경하던 천국은 실현될 것 같지 않다고 했지만, 설사 그 천국이 임하지 않더라도 그게 현재 자네 아내가 된 그 여성의 잘못은 아닐 것일세. 자네나 나나 도저히 땅 위에선 실현이 불가능한 천국을 꿈꾸며 살아왔으니 그게 우리 두 사람의 유별난 불행이 아니겠나."

스피드의 결혼은 드디어 행복의 서곡을 조용하게 울리기 시작했다. 그는 이제 행복하고 링컨의 예언은 적중하고 말았다는 희소식이 전해졌다. 결혼 후 한 달쯤이나 경과된 후엘까? 링컨은 곧 답장을 썼다.

"자네 편지는 지난 1841년, 그 숙명의 정월 초하루 이후에 내가 누린 모든 기쁨을 다 합친 것보다 더 큰 기쁨을 내게 주었어."

아마도 링컨의 심중에는 메리 타드에 대한 그리움이 잠시도 떠나지 않았던 모양이다. 그녀의 모습이 늘 함께 있다고 고백하면서, 메리를 불행하게 만든 죄책감 때문에 행복할래야 행복할 길이 없고, 마음의 고통은 견디기 어려운 처지라고 하였다.

"그 사람을 저렇게 불행하게 버려둔 채 내가 행복하기를 바라는 것조차 죄스럽다고 아니할 수 없어. 그녀는 지난 월요일 여러 사람들과 함께 기차를 타고 잭슨빌까지 다녀와 말하기를 그 여행이 여간 즐겁지 않았다고 했다니 하나님의 은혜가 고마우이!"

참사랑이란 그런 것이겠지. 상대방의 행복을 끝까지 빌고 위하여 노력하면서 그 운명을 무한한 동정의 눈으로 지켜보는 것이겠지. 말 안 듣는다고 맥주병을 깨서 여자의 얼굴을 긁어버리는 남자, 변심했다고 늦은 밤의 골목길을 지키고 섰다가 돌아가는 애인의 가슴을 과도로 찌르는 사나이. 사랑이란 것이 그보다는 좀더 다정하고 조심성있고 정성스러운 남녀의 관계가 아니겠는가?

이제는 스피드가 링컨에게 충고를 할 만한 위치에 놓였다. 메리 타드와 결혼을 하거나 아니면 그녀에 대한 생각을 완전히 몰아내고 아주 잊어버리거나 양단간에 곧 결정을 해야 한다고 링컨에게 육박하였다.

링컨은 답장을 쓰면서 이렇게 말하였다.

"그러나 이렇게건 저렇게건 결단을 내리기에 앞서, 일단 결심을 하면 결코 동요하지 않는 내 능력에 대한 자신을 되찾아야겠어. 자네도 아다시피 기왕에는 내가 일단 결심하면 그대로 밀고 나가는 내 힘을 내 성격의 유일무이한 최대의 보배로 자랑했지

만 나는 그만 그 보배를 잃어버렸네. 어디서 어떻게 잃었는지는
자네도 잘 알지. 아직도 그 보배를 되찾지를 못했어. 그렇게 하
기까지는 나는 무슨 중요한 일을 처리할 자신이 없단 말이야."

이 편지를 띄운 지 얼마 안되어, 휘그당 기관지 〈생가몬 저
널〉의 편집인 프란시스의 부인이 파티를 베풀어 그 고을의 유지
들을 한자리에 모았다. 공교롭게도 그 파티에는 링컨과 메리가
함께 초대를 받았던 것이다.

프란시스 저택에 도착하자 링컨은 메리의 모습을 곧 발견했
다. 프란시스 부인은 갈라선 두 애인을 한자리에 앉히면서 "다
시 친하게 지내세요"라는 한마디를 던졌다. 다시 친하게 지내기
를 정말 바라고 있는 것은 다른 누구보다도 그 두 남녀였다. 해
바라기는 태양을 향해 얼굴을 돌리게 마련이고 은행나무는 하늘
을 향해 두 팔을 들게 마련이다. 끌면서 끌리고 끌리면서 끄는
것이 사랑의 물리적 현상.

두 사람은 피차에 말할 수 없는 매력을 느끼고 급격하게 접근
하였다.

링컨은 1842년 10월 스피드에게 편지를 띄우고 그의 결혼이
점점 행복을 더하여가는지 확실하게 알고 싶다고 하였다.

"내 어색한 질문 하나 하겠네. 자네는 현재 결혼에 만족하고
있다고 하는데 그게 판단해 보니 그렇다는 건가, 판단만이 아니
라 실제로 만족하게 느낀다는건가? 내 마음 심히 답답하니 조
속한 답장 바람."

스피드가 생각할 때 링컨이 무슨 답을 기대하고 띄운 편지인
지 너무나도 명백하였다. 그래서 그는 어느 모로 보나 자신의
결혼이 만족할 만한 것이라고 힘주어 답하였다.

1842년 11월 4일 링컨과 메리 타드는 그녀의 형부 집에서 결혼
식을 올렸다. 33세의 신랑과 23세의 신부는 정장한 목사의 주례
하에 엄숙히 사랑을 맹세하였다. 일설에 의하면 식이 진행되는
동안 링컨은 '마치 도살장에 끌려가거나 하듯, 창백한 얼굴로
떨면서' 서 있었다고 한다. 진실한 사람의 진실한 순간은 그래
야 하는 것인지도 모른다.

사회적 제도로서의 결혼은 조만간 무너지고 말지도 모른다.
20세기 후반에 접어들면서 그런 징조가 여기저기에 두드러지게
나타나기 시작한 것은 사실이다. 그러나 남자와 여자 사이의 신
비를 제거하지는 못할 것이다. 링컨이 메리에 대하여 주저하고
당황하고 고민한 까닭은 그가 순수하게 여성 세계의 신비를 느
낄 수 있을 정도로 진실하고 때묻지 않은 남성이었기 때문이다.

결혼한 지 닷새 후에 어떤 변호사에게 용무가 있어 편지를 쓰
면서 그는 다음과 같은 말로 끝을 맺었다.

"이곳에는 이렇다 할 새 소식이 없습니다. 내가 결혼을 했다
는 사실을 제외하면 말입니다. 그런데 내게 있어서 결혼이란 심
히 놀라운 사건입니다."

결혼을 심히 놀랍다고 경탄하여 마지않는 그는 확실히 순박한
사나이였다. 이 세상에서 진실과 순결보다 더 고귀한 것은 없

다. 그리고 다른 어떤 관계에서보다도 남녀관계에서 더욱 그러
하다는 사실을 부인하기는 어려울 것이다.

20년 이상이나 링컨과 가까이 사귀었던 헌든은 링컨이 여성에
대하여 사나울 정도로 강한 욕망을 지녔었고 여자 없이는 견디
지 못할 만큼 무서운 정력을 가졌으면서도 그토록 깨끗하고 흠
없는 일생을 살 수 있었다는 것은 다 그의 노력의 결과라고 말하
면서 링컨의 탁월한 자제력을 극구 찬양한 일이 있다.

그를 잘 알던 판사 데이비드 데이빗도 헌든의 말을 시인하면
서 "링컨의 자존심이 많은 여자들을 구제했다"고 의미심장한 말
을 던진 일이 있다.

물론 링컨과 같은 비밀스런 성격의 소유자의 입에서 아무리
친구라 하더라도 그의 애정이나 애욕의 비밀을 얼마나 알아낼
수 있을 것인가? 누군가가 그를 두고 '가장 철저하게 입을 다
물고 있는 사나이'라고 하지 않았는가!

그러나 링컨의 56년의 생애에서 오직 한 사람의 여성만이 존
재했다는 사실은 의심할 여지가 없다. 앤 러틀리지와의 사랑은
그의 생애를 채색하기에 도움이 될지는 모르나 태반이 상상의
산물임을 부인하기 어렵다. 메리 오엔스에의 구혼은 미숙한 젊
은이의 실수였을 뿐 그의 생활에 하등의 변화도 남긴 바가 없
다.

메리 타드! 그 한 여성을 사랑했고 사랑했기 때문에 번민했
고 그런 깊은 인간관계의 생생한 체험 속에서 그의 삶이 무르익

어간 것이 사실이다.

영웅호색이라는 말이 있기는 하다.

소위 지도자라는 출중한 인물들에게는 으레 여자가 많은 법이고, 그들의 호색, 엽색은 조금도 탓할 일이 아닌 것처럼 두둔하는 경향도 있다. 그러나 따지고보면 그게 얼마나 이치에 어긋난 판단인가!

독재체제나 전제주의 사회에서는 그럴 수도 있었을 것이다. 한 개인의 힘이나 집단의 권력이 그렇게 남용될 수도 있었을 것이다. 삼천궁녀가 있었다고도 한다. 왕후를 위시하여 비·빈 등 각종 여자가 수십 명, 밤으로 낮으로 단 한 사람의 남성─임금님 그 한 분과 동침해 보려는 허망한 꿈속에서 청춘을 낭비하였다고 한다. 그러나 민권이 뚜렷하게 있고 인권이 엄연히 존중되어야 하는 민주사회에서는 있을 수도 없고 있어서도 안될 일이 아닌가!

링컨의 경우를 보라. 그의 체격이나 정력이 남달리 뛰어났던 사실을 우리는 잘 알고 있다. 이성의 유혹이 그에겐들 없었을 리는 없지 않은가! 그러면서도 티없이 깨끗한 생을 살 수 있었던 그의 비결은 과연 무엇이었을까!

산을 옮길 만한 힘, 세상을 뒤엎을 만한 기백만 가지고 위인이 되는 것은 아니다. 그런 큰 힘, 그런 용감한 기백을 조절하고 어거할 줄 아는 크나큰 정신력이 없이는 진정한 위인이 되지 못하는 것이다.

한 여자와 결합할 수 있는 유일한 근거를 '사랑'에 두었던 링컨은 확실히 시대의 방향을 옳게 의식하고, 영원한 큰길 위에서 인생을 걸어간 지도자라고 불러도 좋을 것이다. 사랑에 토대하지 않은 일체의 남녀관계는 난잡한 것이요 추악한 것이다. 이성의 판단을 거치지 않은 욕정처럼 더러운 것은 없다. 타고난 힘을 올바르게 행사한 인물이라는 점에서 그는 역사에 유례가 드문 거인 중의 한 사람이라고 할 것이다.

테니슨이 지은 〈이녹 아덴〉이라는 작품에서 돌아오지 않는 남편 이녹을 기다리는 애니에게 재혼을 간청하는 필립을 향해 그녀는 이렇게 반문한다.

"사람이 어찌 거듭 사랑할 수 있으리까?"

오로지 한 여자—메리 타드만을 단 한번 사랑한 링컨의 삶이 지극히 예술적이고 낭만적이었음을 시인할 수밖에 없다.

제6장
우울한 변호사

이 커다란 성공의 문턱에서도 키 크
고 여윈 이·시골 변호사는 조금도 행복
해 보이지가 않았다. 무엇이 그를 침울
하게 만드는 것일까? 그 원인을 아무
도 알 수가 없었다. 따라서 그를 위로할
수도 없었다. 비극은 타고난 그의 운명
의 일부였을지도 모른다.

우울한 변호사

링컨이 법률을 공부하고 변호사 시험에 합격하여 정식으로 개업한 것이 1837년 즉 그의 나이 스물여덟 살 때의 일이지만 그 시절에 변호사가 된다는 일이 요새 고등고시 공부하는 사람들이 상상하는 것처럼 어려운 노릇은 아니었다. 아마 요새처럼 절간에라도 들어앉아 일년 이년 죽어라 하고 파고들어야 패스하는 따위의 시험이라면 그는 아예 응시할 생각조차 하지 않았을 것이다. 그는 도대체 학구적인 기질이 아닌 데다가, 벌어 먹기도 어려운 터에 만사 젖혀놓고 공부만 할 수가 없었기 때문이다.

1830~40년대의 변호사의 벌이가 그리 대단한 것도 아니었다. 물론 주지사의 연봉이 1,200달러밖에 안되던 시절에 일년 수입이 1,250달러나 되던 링컨의 변호사 수입을 적다고 하기는 어렵겠지만, 그러자니 태산같이 쌓인 일을 부지런히 처리하지 않고는 도저

히 그만한 수입을 올릴 수가 없었다. 한 건에 평균 5달러 정도가 고작이었고, 보수가 현금으로 지불되는 경우보다는 반찬거리, 채소, 곡식, 닭, 옷가지 같은 생활필수품으로 대치되는 수가 흔히 있었다.

소위 말하는 큰 사건이란 가물에 콩 나듯 희귀한 것이었고 대개는 '옆집 소가 우리집 채소밭을 아주 망쳐놓았다'느니 '저 집의 늙은 개가 암탉을 물어 죽였다'느니 '저 사람이 내 돈 10달러를 꾸어 쓴 지가 이미 삼년인데 아직 갚을 생각도 하지 않고 있다'느니 하는 어처구니없는 내용의 소송이었다.

사실 이런 일상의 사소한 문제를 다루는 데는 해박한 법률 지식이 필요하지도 않고 또 도움이 되지도 않았다. 그래서 반드시 공부 많이 한 변호사가 날리는 것도 아니었고 그저 성격이 좋고 상식이 풍부하며 말솜씨가 능해서 배심원들 앞에서 조리있게 소송 의뢰인의 억울함을 호소할 수 있는 정직한 변호사면 인기를 차지하게 마련이었다.

이런 자격이 절실하게 요청되는 상황이었다면 링컨보다 더 적격인 변호사는 일리노이 천지에 한 사람도 없었을 것이다. 재담과 해학으로 주변의 사람들을 쉴새없이 웃기면서도 본인의 표정은 어딘가 항상 침울한 변호사. 그 심각한 표정의 깊이를 아무도 헤아릴 방법이 없었으나 언제나 겸손해서 호감이 가는 인물인 것도 또한 사실이었다.

목소리가 우렁차거나 음악적인 것은 아니었지만 논리 정연한 것으로는 당할 사람이 없었다. 이 사람은 나면서부터 합리주의자였다. 그래서 그의 변론에는 항상 조리가 섰고 설득력이 풍부했다. 그렇다고 딱딱하게 법의 조문만 따지는 것이 아니라 재치있는 비유와 속담을 적당하게 배합하여 그의 변론은 오래 들어도 지루하지가 않았다.

어느 날 아침 링컨은 옷가지를 꾸려 가방에 넣고 서류를 챙겨 모자 속에 간직한 후 스프링필드를 떠나 비어즈타운까지 180리의 먼 길을 허겁지겁 떠났다. 그 다음날 있을 한 중요한 재판에서 변호를 맡았기 때문이다.

그의 옛 친구 암스트롱의 아들이 불량배와 몰려다니면서 사고가 잦던 중, 이번에는 살인사건에 말려들어 좀처럼 빠져나오기가 어렵게 되었다는 것이다. 두 놈이 한 사람을 때려 죽였는데 그중의 하나가 암스트롱의 아들 더프라고 증언하는 자들이 있으니 벗어날 길이 없어 그의 홀어머니 해나가 눈물로 세월을 보내고 있었다.

그 증인 중에 앨른이란 자가 있어 더프가 그 사람을 때리는 광경을 목격하였는데, 밤은 밤이었지만 달이 밝아서 똑똑히 보았다는 것이다.

링컨은 앨른의 말을 끝까지 듣고 그를 심문한 후 배심원을 향해 이렇게 말했다.

"이 자의 증언이 전부 거짓임을 보여드리겠습니다. 이 증인은 살인 현장을 목격한 일이 없습니다. 그날 밤 달이 밝았다니 그런 거짓말이 어디 있습니까?"

　그리고는 보안관에게 달력을 가져오라고 하고 그 달력을 가지고 따지는 것이었다. 그날 그 시각에 달은 절대로 밝게 빛날 수가 없었기 때문이다.

　무더운 날이었다. 그는 저고리와 조끼를 벗은 채 배심원들 앞에 서서 차근차근 증거를 들어 더프의 무죄를 입증하였다. 아마 한 시간은 변론을 폈을 것이다. 그는 눈물짓는 해나를 가리키면서 옛날 저 더프의 어머니가 자기의 셔츠를 빨래해 주고 먹을 것을 만들어주던 옛일에 언급하고, 그런 착한 사람들의 아들이 사람을 죽일 까닭도 없다고 역설하였다. 그리고 옛날에 받은 은혜에 조금이라고 보답코자 하는 자신의 심정을 이해해 달라고 호소하였다.

　해나 암스트롱은 감격에 못 이겨 링컨의 손을 잡았다. 동전 한 푼 받지 않고 변호해 주는 일도 고마웠지만 옛날의 행복하던 시절을 회상하니 눈물이 앞을 가렸다. 이윽고 배심원들이 돌아와 판결문을 읽었다.

　"무죄!"

　변호사가 직업이기는 했지만 의뢰해 오는 소송사건을 분별없이 맡는 일은 아주 없었다. 어느 사건이나 부탁하는 사람의 정당성을 확인한 후에 비로소 수락하는 것이 그의 원칙처럼 되어 있었고, 부당한 소송을 제기하는 사람은 변호사 자신이 타이르고 꾸짖어 되도록 그 소송을 취하하게 만들었다고 한다. 변호사란 사건의 내용이야 어찌 됐건 돈이나 받고 법정에 서서 변호나 해주면 그만일 텐데, 그런 양심적인 변호인이 과연 몇이나 되겠는가?

그러니까 링컨에게 일거리를 들고 오는 사람의 수가 많을 수밖에 없었다. 정직하게 성심껏 일을 보아주고 요구하는 보수 또한 지나침이 없었으니 인기가 높아지는 것도 당연한 일이었으리라.

링컨은 변호사 개업을 하는 데 있어 처음부터 유리한 고지를 점유하고 있었다. 우리나라의 풍속과 달리 미국의 변호사들은 두 사람 이상이 같이 개업하는 것이 관례처럼 되어 있는데, 첫번 개업을 같이한 스튜어트는 이미 이름이 알려졌던 인물로서, 무명의 변호사 링컨이 여러모로 그의 덕을 본 것이 사실이다. 그러나 스튜어트가 하도 정치에 깊숙이 개입했던 탓으로 변호사의 실무면에서는 링컨에게 큰 도움을 주지 못하였다. 그래서 1841년 두 사람이 원만한 합의를 보고 피차 갈라서게 되었고 링컨은 새로이 스티븐 로건이라는 변호사와 함께 사무실 간판을 내걸게 되었다.

로건과 동업하게 된 것이 링컨으로서는 여간 다행한 일이 아니었다. 링컨보다 10년이나 연장이던 깐깐하고 다부진 이 사나이는 이미 생가몬 변호사계의 명실공히 우두머리 격이었고, 볍률의 이론뿐 아니라 실제면에서도 뛰어난 지식과 경험을 가지고 있었다.

링컨도 옷차림이 허술하다는 비난을 듣던 사람이기는 하지만 로건이야말로 언어도단이었다. 그 작달막한 키에다 되는 대로 옷을 걸치고 다니니 초라한 모습은 이루 다 형용키 어려웠다. 좌우간 타이를 매고 법정에 나간 것을 본 사람이 없었으니까. 그리고 여름 내내 50센트짜리 밀짚모자 한 개로 버티었다니 정말 대단한 성격이었다. 카랑카랑하고 찢어지는 목소리에 언변도 형편이 없었지만 뚜렷하고 짜임새있는 논리의 전개만은 당해내기 어려웠다고 한다.

그것이 무서운 능력이다. 날카로운 논리 앞에 허세의 고무풍선은 터지게 마련이다. 이 비결을 링컨은 이 선배 변호사 로건에게서 배운 것이다.

로건·링컨 법률사무소는 어느덧 일리노이 주 전체에서 칭찬이 자자한 법률사무소의 하나로 명성을 떨치게 되었으며, 링컨은 로건의 후견 아래 사법 수련을 철저하게 받은 셈이다. '정확하여라, 정확하여라'—이것이 로건의 최대의 교훈이었다. 정확을 기하기 위해서는 변론에 앞서 철저한 준비를 해야만 했다. 임기응변의 재치나 꾀만 가지고는 도저히 훌륭한 변론을 할 수 없다는 사실을 그는 로건으로부터 배웠다고 하여도 과언이 아니다. 링컨도 점차 법조계의 거물이 되고 있었다.

그러나 로건과도 헤어질 때가 되었다. 두 사람의 정치적 견해가 충돌했기 때문이라고도 하지만, 링컨이 사무소 수입의 3분의 1밖에 자기 몫을 받지 못하는 불공평한 처우를 계속 참고 견딜 수는 없을 만큼 성장했다는 사실에 더 큰 원인이 있었던 것 같다. 스튜어트와 동업하던 때에도 수입을 반분하는 것이 원칙이었기 때문이다.

링컨은 일생을 통하여 아무와도 언성을 높이며 다투고 헤어진 일이 없다.

뉴세일럼에서 가게를 냈다가 망하여 빚만 지고 물러났을 때에도 누구를 붙잡고 원망을 하거나 분풀이를 한 일이 없었고 후에 스튜어트와도 뒤틀린 감정없이 웃는 낯으로 헤어졌다. 로건이 유능한 반면에 조급한 성격이어서 링컨에게 화도 많이 냈고 대우도 제대로 하지 않았지만 그는 불평없이 때가 오기만을 기다리고 있었던 것이다.

로건이 자기 아들과 함께 일하고 싶다고 했을 때 그는 가벼운 마음으로 그 사무실을 떠날 수 있었다. 때가 온 것이었다.

그래서 링컨은 1844년 12월, 자기보다 아홉 해가 아래인 윌리엄 헌든과 더불어 따로 법률사무소를 차리고 개업을 하기에 이른 것이다. 죽는 날까지 링컨은 동업자와의 동업관계를 끊어본 일이 없다.

헌든은 이럭저럭 20년이나 링컨과 가까이 지냈던 그 경험을 토대로 후년에 저 말썽 많은 링컨의 전기를 써서 적지 않은 물의를 일으킨 문제의 인물이기도 했다.

로건·링컨 법률사무소의 사법서사로 법률을 연수한 헌든을 동업자로 택하였을 때, 이미 링컨의 이름은 쟁쟁하던 터라 많은 사람들이 '선택이 잘못됐다'고 수군거렸다. 링컨이 원한다면 어떤 유명한 변호사와도 동업할 수 있을 텐데 하필이면 풋내기 변호사 헌든을 끌어들였느냐고 못마땅하게 여기는 축도 적지 않았다.

그러나 링컨은 헌든이 장래성있는 청년이라고 믿었다. 그뿐 아니라 그가 스프링필드의 날쌔고 팔팔한 젊은 층에 인기가 있다는

점도 링컨으로서는 정치적으로 이용가치가 있다고 풀이했을 것이
다. 그리고 그는 헌든을 좀더 자기 식으로 가르치고 훈련시켜 쓸
만한 변호사로 키워보려는 일종의 야심도 없지 않았을 것이다. 이
두 사람이 세월이 흐르는 동안 점점 정이 두터워져서 후에는 부자
지간처럼 가까워지고 말았다는 점도 이 두 사람의 사이가 그때부
터 보통이 아니었다는 사실을 시사하여 준다.

　링컨과 헌든은 기질과 성격이 서로 크게 달랐다. 어떻게 보면
극에서 극이라고 할 만도 하였다. 선배는 느리기는 하나 조심성
많고 용의주도한 반면에 그의 후배는 성미가 급하고 종잡을 수 없
는 엉뚱한 짓을 곧잘 하였다. 사교를 즐기지도 않고 그 방면의 소
질이 없음에도 불구하고 링컨은 스프링필드의 최고급 사교계를
누비고 다닌 반면에 헌든은 버릇이 나쁘고 행실이 '개차반'이어서
품위있는 모임에는 발도 들여놓지 못하는 형편이었다. 그래도 링
컨은 그를 사랑하고 수입도 또박또박 반씩 나눠주는 아량을 끝까
지 베풀어주었다.

　그러나 헌든은 링컨 부인에게 한번 말을 실수하여 미움을 사게
된 후로는 죽는 날까지 그 관계를 개선하지 못했고 두 사람의 불
화는 링컨에게도 적지 않은 두통거리였던 모양이다. 링컨이 앤 러
틀리지와의 깨어진 사랑을 그리워하는 나머지 메리 타드에게는
한번도 애정을 베푼 일이 없었다느니, 메리가 천하의 악처여서 링
컨은 조반도 제대로 못 얻어먹고 사무실에 나오는 일이 비일비재
였다느니 등등 메리에 대한 온갖 악담을 퍼뜨린 장본인이 바로 헌

126

든이라는 사실도 인간관계의 하나의 아이러니라 아니할 수 없다.

그 시대의 변호사 일은 여간 고된 것이 아니었다고 한다. 스프링필드에서 공판이 열리는 기간은 불과 몇주일밖에 되지 않으므로 수입을 늘리기 위해서는 어쩔 수 없이 지방 순회재판을 따라다녀야만 했다. 그래서 봄과 가을 두 철은 집을 비우고 철새처럼 떠돌아다닐 수밖에 없었다.

한때 그가 담당했던 순회법정 제8지구는 총면적 1,200 평방마일의 넓은 지역으로 동서남북 500~700리 길을 말 안장에 올라앉아 흔들리며 가야 하는 머나먼 거리였다. 메리와의 사이가 나빠서 링컨은 오히려 집을 떠나 방랑할 수 있는 이 기회를 무척 고마워했다는 일설도 있지만 믿어지지 않는다. 민가와 촌락이 드문드문 흩어져 있는 쓸쓸한 시골길 진흙바닥에 푹푹 빠지면서 온종일 말고삐를 잡고 앉아 시달리는 것을 즐겨 할 남자가 어디 있겠는가?

잠자린들 편했을 리가 없다. 농가 어느 집에서나 하룻밤을 쉬는데 남달리 다리가 긴 그에게 맞는 침구도 만나기 어려웠다고 한다. 식성은 별로 까다로운 사람이 아니었으니까 큰 고통은 없었을지 모르나 허허벌판에서 소나기를 만나고 종일 내리는 비에 속옷까지 젖어서 터벅터벅 목적지를 찾아서 가는 우울한 표정의 이 변호사를 상상해 보라. 강물이 불어나고 다리마저 끊겼으면 말을 끌고 헤엄쳐 건너야 했던 일도 결코 한두 번이 아니었다 한다.

그러나 이 생활에도 감춰진 보상이 없지는 아니하였다. 평범한 무리들과 어울려 웃고 웃기고 먹고 마시는 일이 링컨 같은 기질의 인간에게는 하나의 즐거움일 수도 있었을 것이다. 평범한 사람들의 벗이 된다는 사실에는 말로 다하기 어려운 행복이 있는 법이다.

"정치는 민중 속에서 배워야 한다. 정치인은 민중 속에 뿌리를 내려야 한다."

링컨은 민중의 중요성을 점점 피부로 느끼면서 자신의 미래를 홀로 구상하고 있었다.

링컨의 뜻은 언제나 정치에 있었다. 이런 집념의 사나이도 흔하지는 않을 것이다. 두 차례나 일리노이 주 하원 의장으로 나섰다가 미끄러져 휘그당의 원내총무로 주저앉기는 했지만 이제 링컨의 당내 실력은 확고한 것이었다. 그는 1843년에 있을 미 합중국 하원의원 선거에 입후보하기 위하여 휘그당의 공천을 받기로 결심하였다.

그는 그 해 2월부터 그의 선거구에 관련된 당대의 동지들에게 은밀히 편지를 띄워 협력을 종용하였다. 그중 하나에는 이런 내용이 적혀 있다.

"친구 리차드…

링컨이 하원에 가고 싶은 의향이 없다고 누구든 말하는 것을 자네가 만일 듣거든 그 사람의 생각이 잘못된 것 같다고 그에게 좀 잘 일러주게. 자네는 내 가까운 친구로서 말일세. 사실인즉 하원에 가고 싶은 생각이 굴뚝 같네. 하지만 사정이 여의치 못해 내가 입후보를 못하게 될지도 몰라.

이 일에 나를 돕고자 하는 친구들이 있다면 아직은 제발 나를 따돌리지 말아달라는 것뿐일세."

정치란 이런 것이다. 멍청하게 앉았다가 하원의원이 되고 대통령이 되는 사람이 어디 있겠는가? 피나는 노력을 해서 그 자리에까지 이르게 되는 것이 당연하다. 물론 강의실 흑판에 글씨를 쓰다가 돌연 국회의원에 불려가는 대학교수도 있고 혁명을 통해 정권을 잡아 일약 대통령의 자리를 차지하는 영웅도 있기는 하지만 어디 그게 쉬운 일인가?

링컨은 정치적으로 성공하고 싶은 욕심은 전혀 없었으나 아내 메리의 성화에 못 이겨 대통령의 자리에 오른 '불행한' 사람은 아니었다. 그는 하원의원이 되고 싶어했고 상원의원의 자리를 노리기도 했고 대통령이 돼보려고 온갖 정력을 기울이기도 했다. 뜻이 있고 경륜이 있느냐 없느냐가 문제일 따름이지 원하지도 않았는데 그 자리에 앉는 것이 결코 자랑은 아니다.

그러나 1843년의 링컨의 꿈은 이루어지지 않았다. 휘그당은 그의 선거구에서 34세의 링컨 대신 32세의 에드워드 베이커를 추천하고 말았고, 그는 베이커를 도와 일해야 하는 달갑지 않은 직책을 떠맡게 되었다. 그래서 그는 친구에게 편지를 쓰면서 자기의 처지가 마치 애인을 빼앗긴 사나이가 그 애인과 결혼하는 신랑의 들러리를 서게 된 것처럼 어색하고 거북살스럽다고 털어놓기도 했다.

그러나 지구당 전당대회가 열렸을 때 행운은 베이커를 외면하고 33세의 존 하딘에게 미소를 지었다. 사실 그는 세 사람 중에서 제일 학벌도 좋고 자격도 갖춘 인물이었다.

링컨은 하딘의 지명을 만장일치로 만들어 당의 결속을 과시코자 하였고, 다음 차례에 베이커를 보내도록 순위를 가결시켜 놓았다.

그는 당내의 인화와 단결을 위해서 자신의 야망을 덮어버렸으나 언제까지 '뒷전에 남아서 궂은 일만 하려는 뜻은 조금도 없었다. 하딘—베이커의 순위를 정해버림으로써 1846년에는 응당 자신이 지명돼야 한다는 하나의 원칙을 세우고자 했던 것이다.

이 일을 계기로 하딘과 링컨의 반목이 표면화되었다. 링컨이 당의 총화를 위해 지명을 받은 후보인 하딘을 전적으로 밀겠다고는 하였으나 진심이 어디 있었는지는 밝혀내기 어렵다. 그 후에도 불화가 깨끗이 가시지는 않았으니까.

그런 가운데도 링컨의 이름은 계속 정가에 오르내렸다. 1843년 가을에도 휘그당의 일리노이 주 지사 후보 물망에 올랐고, 1844년에는 헨리 클레이를 지지하는 대통령 선거인단의 일원으로 맹활약을 하였다. 그러나 링컨의 우상 클레이는 일리노이에서도 패하고 전국적으로 뜻을 이루지 못하여 그는 또 한번 패배의 쓴 잔을 마시게 된 것이다.

마침내 1846년이 다가왔다. 이미 45년 여름부터 그는 하원에 출마할 만반의 준비를 갖추고 있었다. 가을 지방 순회재판 때에도 각처의 휘그 지도자들을 자기편에 결속시키기에 여념이 없었는데 전당대회는 드디어 만장일치로 그를 휘그당의 하원의원 후보로 지명하였다.

이만한 성공을 거두기 위하여 그는 이미 피와 땀을 흘렸건만, 앞으로의 일은 더욱 태산만 같았다. 민주당이 내세운 인물은 감리교회의 부흥목사이자 정치꾼인 피터 카트라이트였다. 득표 전술에도 능한 사람으로 언변도 좋고 친구도 많아 링컨으로서는 좀 당해내기 어려운 적이기도 했다.

선거운동 기간 중 어느 날 링컨은 카트라이트가 인도하는 부흥집회에 불쑥 발을 들여놓았다. 이 정치목사는 교인들을 향해 회개하라고 소리를 지르고 만일 회개하지 않으면 지옥의 형벌을 면할 길이 없으리라고 으름장을 놓고 나서 "새 생활을 하기를 결심하고 모든 정성을 하느님께 바쳐 천당에 가기를 희망하는 사람들은 다 일어나시오" 하였다.

몇사람이 자리에게 일어나 그들의 결심을 표명하였다. 이윽고 카트라이트는 엄숙한 목소리로 "그럼 지옥에 가기를 바라지 않는 사람들 일어나보시오" 하면서 회중을 한번 둘러보았다. 단 한 사람만 빼고는 다 일어섰다. 그 한 사람이 누구였겠는가? 링컨이었다. 이제 카트라이트는 링컨을 향하여 물었다.

"그럼 한마디 묻겠습니다. 귀하는 어디로 가시려나요?"

링컨은 느릿느릿한 말투로 "목사님만 상관 않으신다면 저는 국회로 갈 참입니다"라고 하였다.

카트라이트와 링컨이 이런 극적 대화로 대결을 하였으리라고는 믿기 어렵지만 이 선거 때에 링컨이 '불신자'라는 비난을 받은 것만은 사실이다. 상대가 목사이었으니 만큼 그런 중상이 있었을 법도 하다.

1846년 7월 31일, 자신의 종교적 입장을 밝히기 위해 그는 전단을 만들어 선거구에 돌릴 수밖에 없었는데, 그 후 한두 개의 지방 신문에 그 내용이 실리게 되었다. 그가 일생을 통하여 기독교에 대한 자신의 견해를 공식으로 밝힌 것은 이것이 처음이요 마지막이었다.

"내가 공공연하게 기독교를 조롱하는 사람이라는 내용의 비난이 이 선거구 주변에 파다하게 나돌고 있는 차제에 나는 몇몇 친구들의 권면을 따라 이 문제를 이런 형식으로 해명하기로 결정하였습니다. 내가 어떠한 기독교 교회에도 속해 있지 않은 사람인 것은 사실입니다. 그러나 나는 한번도 성서의 진리를 부인한 적은 없습니다. 나는 한번도 고의로 일반 종교나 또는 어느 특정한 기독교의 종파를 헐뜯어 말해 본 일이 없습니다….

종교의 공공연한 적이요 조롱꾼으로 알면서야 나 자신인들 그런 사람을 공직에 앉도록 지지하게 되겠습니까? 영혼의 인과를 다루는 차원 높은 문제는 그 자신과 그의 조물주 사이에서 해결돼야 하리라고 믿으며, 사람은 누구라도 그런 식으로 그가 살고 있는 사회의 인간 감정을 모욕하거나 도의심을 손상케 할 아무런 권리가 없다고 생각합니다. 그런즉 만일 내가 그런 실수를 저질렀다면 그 때문에 나를 정죄하는 어느 누구도 내가 비난할 수는 없을

것입니다. 그러나 내게 대해서 없는 사실을 가지고 이런 중상모략
을 일삼는 자들이 있으니 그들이 누구이든 간에 나는 그들을 단호
히 규탄하는 바입니다."

그는 이 선거에서 무난히 승리를 거두었다. 카트라이트의 4,829
표에 비해 무려 1,500표나 더 많은 6,340표를 얻어 당당히 국회로
가게 된 것이었다. 그가 천국도 지옥도 아닌 워싱턴으로 가게 된
것은 천만다행한 일이었다.
셸리가 이렇게 읊었다.

　　우리들은 앞뒤를 돌아다보며
　　존재하지 않는 것을 애타게 찾네.
　　우리들의 한껏 진실한 웃음에도
　　어딘지 고통은 스며 있는 법
　　우리들의 한껏 즐거운 노래마저
　　한없는 슬픈 사념 말하여 주네.

이 커다란 성공의 문턱에서도 키 크고 여윈 이 시골 변호사는
조금도 행복해 보이지가 않았다. 무엇이 그를 침울하게 만드는 것
일까? 그 원인을 아무도 알 수가 없었다. 따라서 그를 위로할 수
도 없었다. 비극은 타고난 그의 운명의 일부였을지도 모른다.
하여간 우리의 우울한 변호사는 이제 워싱턴으로 가야만 한다.

제7장
워싱턴의 서부인

　엄마와 헤어지지 않으려고 울어대는
어린 검둥이 자식의 손목을 놓지 못해
울부짖는 엄마 검둥이. 링컨은 이 광경
을 보고, 흑인도 사람인데 저렇게 소나
말처럼 매질하며 몰고 다녀서는 안될
일이라고 생각하였다.

워싱턴의 서부인

선거가 끝난 지도 일년이 훨씬 넘은 1847년 12월 2일, 링컨 일가는 켄터키를 경유하여 워싱턴에 도착했다. 제30차 국회 본회의는 12월 6일에야 열렸는데, 일리노이 출신 초선 하원의원 에이브라함 링컨은 이날 처음 하원에 자리를 잡고 앉았다.

1847년의 수도 워싱턴은 더럽고 지저분한 도시였다. 인구는 4만. 그중의 3만은 백인이고 나머지 8천의 흑인과 2천의 노예로 구성되어 있었다. 도처에 돼지우리가 있어 악취를 풍기고, 뒤뜰에 소를 매두는 집, 닭 치고 거위 기르는 집―큰길 좁은 길에 쓰레기는 널려 있고, 북미 합중국의 수도라고 부르기에는 한심스러울 정도였다. 상수도 시설이 있었을 리 없고 날마다 인근 농장에서 곡식이나 야채나 과일을 실어 나르는 손수레에는 남루한 옷차림의 검둥이 노예들이 땀을 흘리며 매달려 있었고, 국회 의

사당과 백악관이 멀지 않은 곳에 장꾼들이 모여 한바탕 수라장을 벌이는 형편이었다.

북부 출신 인사들의 눈에 가장 거슬리는 광경은 아마도 노예를 사고 파는 참혹한 현장이었을 것이다. 하기야 워싱턴이 그당시 노예 매매의 중심지였으니까. 떼를 지어 쇠사슬에 묶인 채 이리저리 끌려다니는 흑노들의 모습은 링컨의 뇌리에 영원히 지울 수 없는 인상으로 아로새겨졌다. 엄마와 헤어지지 않으려고 울어대는 어린 검둥이 자식의 손목을 놓지 못해 울부짖는 엄마 검둥이. 링컨은 이 광경을 보고, 흑인도 사람인데 저렇게 소나 말처럼 매질하며 몰고 다녀서는 안될 일이라고 생각하였다. 무슨 해결의 방안이 없을까? 그도 이제 고민하기 시작했다.

링컨이 하원의 의석을 차지하고 앉았을 그 무렵에는 소위 멕시코전쟁이 실질적으로는 끝나버린 상황이었지만 아직도 정치적 논쟁의 초점이었던 것이다.

민주당측에서는 이 전쟁을 자랑거리처럼 내세우고, 멕시코 놈들의 침략 행위를 응징하고 미국의 명예를 보전했으니 얼마나 장하냐고 야단들이었고, 그 반면 휘그당측에서는 안해도 될 전쟁을 명분없이 시작하여 나라 망신은 도맡아 시킨다고 민주당의 처사를 맹공격하였다.

스프링필드에 있을 때에는 링컨이 이 문제를 구체적으로 들고 나올 계제도 아니었고 또 지방 정가에서는 그리 심각한 문제가 아니었으므로 그대로 덮어두었으나 처음부터 그는 이 전쟁의 정당성 여부에 적지 않은 의혹을 품고 있었다.

그런데 일단 국회 의사당 하원 의석에 앉고 보니, 멕시코전쟁을 계속 소극적으로만 방관해서는 안되겠다는 생각이 들었다. 개회 둘쨋날 보내온 대통령의 교서에는, 멕시코가 먼저 침략 행위를 저질렀고 미국 영토내에서 미국 시민의 피를 흘리게 했다는 점이 거듭 강조되어 있었다.

그뿐 아니라 행정부의 처사를 전폭적으로 지지하고 나섰던 일리노이 출신의 리차드슨 의원이, 그 전쟁의 정당성과 필요성을 역설하는 결의안을 제출했을 때에 링컨은 '이거야 정말' 하는 느낌을 아니 가질 수 없었다. 그 결의안에는 더 나아가 만일 멕시코가 계속 고집을 부리면 미국이 요구할 배상금의 액수도 그만큼 늘어날 것이라는 협박도 곁들어 있었다. 이 결의안에 링컨은 물론 휘그 의원 전원이 반대하고 나섰다. 설사 링컨만이 의견을 달리하였더라도 혼자 부표를 던졌을 것만은 확실하다.

그는 한걸음 더 나아가 미국이 처해 있는 정치적 상황을 좀더 예리하게 분석하고, 포크 대통령이 멕시코와의 관계에서 엄청난 과오를 범하고 있다는 결론에 도달했다. 리차드슨의 결의안이 부결된 며칠 후 링컨은 포크의 입장을 난처하게 만들기 위한 일련의 결의안을 제출하게 되었다. 그가 문제로 제기한 가장 중요한 포인트는, 이 전쟁의 첫 희생자를 낸 화제의 그 '지점'이 미국 영토가 아니라 멕시코의 영토라는 것이고 대통령은 이 사실을 솔직히 시인하라는 것이다.

약 3주 후에 링컨은 처음으로 하원 단상에 올라 멕시코와 미국 사이의 오랜 국경 분쟁의 역사적 배경과 미해결로 버려진 문제들을 지적함으로써 사건의 경위를 밝혔을 뿐 아니라, 이미 곤경에 빠진 포크의 입장을 더욱 난처하게 만들고자 작전을 폈다. 비빌 언덕이 있을 때 비벼대는 것이 정치라는 곡예다.

그는 이렇게 몰고 갔다.

"그 지역에 있는 우리 영토의 범위가 조약으로 확정된 국경선으로 그어진 것이 아니라, 혁명으로 말미암아 형성된 것입니다. 인간은 어디서나 뜻만 있고 힘만 있으면 봉기하여 기존한 정부의 굴레를 벗어나 그들에게 보다 적합한 새 정부를 수립할 권리를 지니고 있습니다—이 권리가 전세계를 해방하게 될 것을 우리는 희망하고 또 확신하는 바입니다. 텍사스를 포함하여 전 멕시코는 스페인에 대항하여 혁명을 쟁취했고, 그 뒤에 텍사스는 다시 멕시코를 박차고 혁명을 쟁취했습니다. 본인의 의견으로는, 텍사스가 그 인민의 실질적 복종을—그 복종이 본의건 타의건 간에—얼마나 차지하고 있느냐가 그 혁명의 성공의 시금석이며, 성공한 그만큼 그 땅이 그들의 것이지 그 이상 더 차지할 수도 없는 일입니다. 그렇다면 텍사스의 혁명이 과연 이번 전쟁의 충돌이 발생한 그 지역에까지 미쳤는지의 여부에 관한 최선의 재료를 얻고자 하오니 대통령께서는 본인이 제출한 질의에 답하여 주시기를 바랍니다."

새로운 내용은 아니라 하더라도 상당히 짜임새있는 첫 연설이었다. 어느새 그는 제퍼슨의 정치철학을 흡수하였는가? 영토·인민·정부·국가·혁명 등에 관한 링컨의 견해가 독립선언문을 기초한 제퍼슨을 방불케 한다. 후세의 학자들은 대부분, 그때 문제가 되었던 지역에 대한 미국의 영토권 주장은 근거가 희박하다는 데 의견의 일치를 보고 있으니, 링컨의 정치철학도 이제 상당한 수준에 이르렀다고 하겠다. 그러나 1847년의 미국 대통령은 이 하원의원의 간곡한 질의를 전적으로 무시해 버렸다.

멕시코와의 평화조약이 국회의 인준을 받기까지 링컨은 자신의 입장을 고수하면서 포크 행정부에다가 전쟁 발단의 책임을 전적으로 지우기 위한 각종 공세에 가담하였다. 휘그당의 당론이 그렇게 작정된 터이라 링컨이 적어도 당내에서 치러야 할 희생만은 별것이 없었다.

그는 전승한 테일러 장군에게 보내는 감사 결의안에다 애쉬먼 의원이 동의한 수정문구 '대통령이 헌법을 어기며 불필요하게 시작한 전쟁에서'를 삽입시키도록 최선의 노력을 하였고, 전쟁의 조속한 종결을 위하여 기원하는 뉴잉글랜드 퀘이커 교도들의 호소문을 인쇄하도록 하는 일에 협력을 하기도 했다.

링컨은 원칙을 굽히지 않으면서도 자신의 한계를 알고 지혜롭게 행동하여, 대정부 투쟁에도 무모한 돌격은 피하였다. 그럼에도 불구하고 그의 선거구민들은 국회에서의 그의 결의안, 연설, 기타 전쟁 전반에 걸친 그의 태도를 못마땅하게 여기고 있었다. 링컨에 대한 비난의 소리가 처음에는 별것도 아니더니 차차 시끄러워져서, 일리노이의 주요 신문에는 공공연하게 그를 악평하는 글들이 실리게 되었다. 한 민주당 신문은 링컨을 '현대판 베네딕트 아놀드'라고 모욕적인 별명을 지어주기도 했다. 아놀드는 독립 당시의 가장 악평 높은 반역자였다.

전쟁에 이기고 나면 민심은 그 승리를 부정적으로 받아들이려는 사람을 싫어하게 마련이다. 민심이 천심인 것이 사실이고, 여론밖에는 의지할 것이 없다는 말이 진리이기는 하지만 때로는 그 민심이 졸기도 하고, 때로는 그 여론이 헛소리를 하는 경우도 있다는 사실을 알아야 한다. 원칙을 지키는 믿을 만한 지도자는 그래서 어느 사회에나 필요불가결한 존재이다.

그의 선거구에서 2개 연대가 멕시코전쟁에 출전했던 것이 사실이고, 그들이 이기고 돌아온 것이 사실이니, 링컨이 '선거구민들의 기대와 소망을 배반했다'는 욕을 안 먹을 도리도 없었다. 그러니 반대당에서야 오죽이나 야단법석을 하며 링컨의 목을 자르려 들었겠는가?

이미 일이 심상치 않을 것을 예감하고 헌든은 미리 링컨에게 경고의 편지를 띄웠으나 그는 종전의 태도를 바꿀 수는 없다는 내용의 답장을 보내왔다.

"자네도 내 처지에 놓였다면 나와 꼭 같이 투표했을 거라는 것은 의심할 바 없네. 거짓인 줄 뻔히 깨달아 아는 일에 찬성표를 던질 수 있겠는가?…리차드슨의 결의안은 내가 아무런 동의나 투표도 하기 전에 제출됐지만, 그 전쟁이 정당한가에 대한 직접적인 의문를 가지게 해. 그러니 침묵을 지킬래야 지킬 수도 없어. 불가불 의사표시를 해야만 해. 그리고 진실과 거짓의 양자택일밖에 길이 없단 말이야. 자네가 어떻게 하리라는 것도 **뻔한데….**"

포크의 처사가 침략을 사전에 방지하였다면서 대통령을 옹호하는 내용의 답장을 헌튼이 거듭 내오자 링컨은 과격한 말로 응수하였다.

"침략을 물리치는 것이 필요하다고 판단만 되면 언제나 대통령이 이웃 나라로 쳐들어가는 것을 허락한다면… 또 그로 하여금 마음대로 전쟁을 일으켜도 무방하다고 한다면… 자네 의견은 이 나라 대통령을 임금님의 자리에 올려 앉히는거야."

어떤 면에서는 교활할 정도로 타협과 흥정의 명수인 그였으나 여하한 곤경에서도 원칙을 버리지는 않았다. 아마도 그것이 거인과 소인, 위인과 범인의 근본적인 차이가 아닐까? 소인은 원칙을 저버리고 타협만 일삼다가 결국 버림을 받는다. 아니면 타협을 거부하고 원칙만을 고집하다가 그 원칙조차도 건지지 못하고 만다. 그러나 위인은 타협할 수 있는 데까지 양보하지만 어떤 역경 속에서도 원칙을 버리지는 않는다. 그런 사람이 진정한 지도자다.

제 30차 국회의 또 하나의 중대한 관심사는 역시 노예문제였다. 멕시코전쟁의 결과로 방대한 땅을 차지하게 됐으니 거기 노예제도가 용인되느냐 안되느냐 하는 문제도 여간 심각한 논쟁거리가 아닐 수 없었다.

이 논쟁은 포크 대통령이 그의 교서에서 뉴멕시코와 캘리포니아 지역에다 미 연방에 가입을 전제로 지방 정부 조직을 건의하면서부터 불을 뿜기 시작했다. 남과 북의 이해 관계는 분명히 상반되었다. 노예제도를 확장해서는 안된다는 것은 북부 인사들의 주장이요, 새로 얻은 영토내에서 노예제도를 금지한다면 유니온을 탈퇴라도 하겠다는 것은 남부 인사들의 고집이었다. 타협이 쉽게 이루어질 것 같지가 않았다.

하원을 진동시킨 열띤 '노예전쟁'을 링컨은 우선 침착하게 듣기만 하면서 행동의 방안을 서서히 강구하였다. 그런 중에도 캘리포니아와 뉴멕시코에 노예 없는 정부를 조직하려는 법안에는 일일이 찬표를 던졌고 수도 워싱턴이 자리잡은 콜롬비아 구역내의 노예제도가 심각한 문제로 등장했을 때, 그는 이 문제를 해결하기 위한 자기 나름의 법안을 구상하기도 했다.

그의 기질과 성격을 잘 나타내는 온건한 방안이었다. 우선 1850년 1월 1일 이후 콜롬비아 구역에서 노예를 어머니로 출생하는 모든 어린이는 다 자유인으로 하되 일단 주인 밑에서의 연수기간을 거치게 하고, 이 구역내의 다른 노예들도 주인이 원하면 유상해방의 길을 마련했다. 정부가 노예주에게 일정한 액수의 대금을 치르고 풀어준다는 말이지만, 이 계획은 반드시 콜롬비아 구역내에 거주하는 주민들의 찬동을 얻어야만 실시한다는 단서를 붙여두었다. 그러나 이 법안의 통과가 전혀 가망이 없음을 알아차리고 제안하는 것조차 포기하고 말았다.

1848년이 대통령 선거의 해였으니만큼 일리노이 출신의 하원
의원이 이 거창한 정치활동의 기회를 소홀히 했을 리도 없다.
사실 링컨은 젊은 나이에 정치의 와중으로 뛰어든 이후 줄곧 오
직 한 사람의 영웅을 마음속으로부터 존경하여 왔다. 그 영웅이
헨리 클레이였음은 더 말할 나위도 없다.

그는 클레이가 대통령이 되기를 진심으로 바랐지만 운이 따르
지 않는 정치가라 자격은 충분히 갖추었으나 정상으로의 꿈은
번번이 좌절되고 말았다. 그래서 그는 재커리 테일러를 휘그당
의 대통령 후보로 밀 것을 결심하고 이미 1848년 초반부터 일리
노이의 거물급 당원들을 설득하기 시작했던 것이다. 필라델피
아에서 모였던 휘그 전당대회에서 일리노이 대표가 테일러를 밀
었고 마침내 당의 후보 공천을 받도록 만든 데는 링컨의 공이 적
지 않게 작용하였다.

그는 정성을 다하여 테일러 선거전에 임하였다. 끊임없이 헌
든을 독촉하여 특히 일리노이의 젊은층을 테일러의 깃발 아래
결속시키라고 당부하였다.

그러나 헌든은 링컨의 '영토'내에서도 테일러의 승리는 가능
성이 희박하다고 자못 비관적인 전망을 하고 있었다. 링컨이 멕
시코전쟁을 두고 국회에서 한 말썽 많은 발언이 그의 인기를 땅
에 떨어뜨렸다고 믿었기 때문이었다.

적어도 일리노이의 하원 의원 선거에서는 휘그당이 패배하였

다. 링컨 대신에 출마한 사람은 그와 한때 법률사무소를 같이 쓰던 스티븐 로건이었는데, 근소한 차이이기는 하나 민주당에게 의석을 빼앗기고 만 것이다.

그래도 싸움은 계속되었다. 링컨은 국회의 첫 회기가 끝났음에도 불구하고 처음에는 스프링필드에 돌아가 쉴 생각도 하지 않고 워싱턴에 남아서 편지 쓰고 연설하는 일에 전심전력하였다. 집에 가는 길에 그는 보스턴, 올바니, 시카고 등지에 들러서 선거 연설도 하고 당내의 중진들과 의견을 교환하기도 했다.

테일러는 승리하였다. 스프링필드에서 충분한 휴식을 취하고 12월에 국회로 돌아온 그는 그동안에 받은 타격 때문인지 비교적 조용한 의원 생활을 이어나갔다. 아마 앞으로의 일이 근심스럽기도 했을 것이다. 무엇을 할까? 임기가 끝나면 무슨 일을 해야 옳은가? 그러면서도 다채롭던 워싱턴 생활을 청산하고 스프링필드의 단조로운 울타리 안으로 돌아간다는 것이 어쩐지 마음에 내키지가 않았다. 그래서 관심있게 생각해 본 것이 연방정부의 요직을 한자리 따는 일이었다.

따지고 보면 불가능한 꿈만도 아닌 성싶었다. 대통령도 휘그당 출신이겠다, 테일러 당선을 위해 그가 동분서주한 사실도 유리한 조건으로 간주될 듯하였다.

그는 제30차 국회의 임기가 다 끝났지만 워싱턴에 그냥 머물러 작전을 꾸미며 기회를 노렸다. 재무장관 윌리엄 메레디스에게 서신을 보내고 넌지시 그의 의향을 타진해 보았으나 아무런 반응이 없었다. 일리노이 출신 인사에게 연방정부의 감투를 줄 때에는 필히 자기와 상의하여 주기를 바란다고 한 뜻이 제대로 상대방에게 이해되지 않았는지도 모른다.

하는 수 없이 스프링필드로 돌아온 링컨은 연방정부의 토지관리국 책임자의 자리를 놓고 상당한 혼선이 빚어지고 있음을 발견하였다. 링컨 자신이 그 자리를 따려고 처음부터 머리를 싸매고 덤빈 것은 아니었다. 하지만 여러 후보가 난립한 가운데 유력하게 부각된 시카고 출신의 저스틴 버터필드의 임명이 당에 불리하다고 생각하고 그의 임명을 막아보려던 것이 그만 자천하는 결과를 가져온 셈이다.

후보의 범위가 일단 링컨과 버터필드 두 사람으로 압축됐다는 소식을 듣고 직접 워싱턴으로 달려가 백방으로 노력은 해봤지만 팔자에 없었던지 그 자리는 링컨이 부당하다고 믿었던 버터필드에게로 떨어지고 말았으니 이 선의의 경쟁자로서는 팔다리의 힘이 빠지는 듯한 허탈한 느낌이었으리라.

링컨은 다시 메리의 곁을 찾아 스프링필드로 돌아갈 수밖에 없었다. 그의 생애의 다른 어느 때보다도 가장 어두운 계절이었다. 앞날의 소망이 구름 속에 가려져 답답하고 괴로운 심정을 억제하기 어려웠다. 인생이란 이렇게 허무한 것이로구나.

1849년 여름 그는 다시 시골의 변호사로 재출발하는 수밖에 다른 도리가 없었다. 태양이 꺼졌을 리가 없다. 구름이 가린 것뿐이지. 구름이 걷히면 태양은 다시 빛날 것이다.

제8장
먹구름이 퍼지는 가운데

어지럽고 위급한 판국에 링컨은 무엇
을 생각하고 있었을까? 정치적 기압골
에 민감하던 그가 이 폭풍이 불어오는
것을 무심히 바라보고만 있었을 리는
만무하다. 남북대결의 먹구름이 퍼지는
가운데 그는 '나를 부르는 분명한 소리'
를 들었다.

먹구름이 퍼지는 가운데

하원의원의 임기가 끝났을 때 링컨의 나이는 겨우 마흔이었으나 그는 자신을 일컬어 '노인'이라고 하면서 노인 대접을 은근히 기대하는 눈치였다. 실은 그 후 몇해 동안에 그가 몰라보게 늙어간 것이 어김없는 사실이기도 하다. 정계에서는 따돌림을 당하고 하는 수 없이 시골에 돌아와 다시 변호사 간판을 내걸고 보니 피곤한 심신에 앞으로 살아나갈 일이 무겁게만 느껴졌다.

그는 다시 떠돌이 변호사가 되어 일년의 반쯤은 산간 벽지의 지방순회 재판을 일일이 쫓아다니며 대수롭지도 않은 사소한 사건들의 변호를 담당해야 했다.

재판이 스프링필드에서 열리는 동안에도 그는 집을 외면한 채 대부분의 시간을 사무실에 앉아서 동업자 빌리 헌든과 함께 보내기가 일쑤였다. 집에 돌아가 메리를 대해도 별반 큰 위로가 없었던 모양이다. 그도 젊어서는 법률에 대해 남달리 뜨거운 정열을 품었었지만 중년에 접어들고 보니 변호사라는 직업도 시들하게만 여겨졌다. 따분한 직업―입에 풀칠이나 하기 위해 너절한 사건을 맡고 시시한 변호를 하고. 그러면서도 그는 여전히 훌륭한 변호사였다. 법 조항을 따지는 데는 서투르고, 서면작성에는 느리고, 변론 준비는 엉성했지만 그는 훌륭한 변호사였다. 이러한 단점을 보상하고도 남음이 있을 커다란 장점을 지니고 있었으니까―그는 정직한 변호사였다.

1850년 언젠가 법률 강의의 청탁을 받고 적어놓은 강의 메모에는 이런 말이 있다. 이 말이 그 결론이다.

"무슨 일에나 정직하기로 결심하라. 당신의 판단에 도저히 정직한 변호사가 될 수 없거든 변호사가 되지 말고 정직한 사람이 되기로 결심하라. 악한이 되기로 미리 찬동하는 것이나 다름없는 직업을 말고 다른 직업을 택하라."

헌든과 같이 쓰는 사무실이 링컨 생활의 총사령부였다. 별의별 사람을 다 여기서 만나고, 책도 여기서 읽고, 공부도 여기서 했다. 링컨은 글을 소리내서 읽는 묘한 습관 때문에 옆에서 일하는 헌든은 딱 질색이었다. 눈으로 보며 소리로 들어야 머리에 잘 들어간다면서 어려서 얻은 그 습관을 평생 버리지 못하였다.

사무실의 조직과 질서는 엉망이어서 한번 처리한 문서나 서류는 다시는 찾을 길이 없었다. 유일한 안전지대는 그의 높다란 실크 해트―그때 그때의 가장 귀중한 서류를 그는 다 모자 속에 간직하고 다녔다. 편리하다면 편리한 장소라고도 하겠지만 엉뚱한 생각임에는 틀림이 없다.

　그러면서도 사무실은 제대로 굴러갔다. 신통한 일이다. 링컨이 어린 아들을 어깨 위에 얹어가지고 들어서는 날이면 사무실은 문자 그대로 뒤죽박죽이 되고 말았다. 서류를 사방에 날리고, 중요한 문서에 잉크를 엎지르고, 값나가는 금촉 펜을 책상에 비비거나 바닥에 떨어뜨려 박살을 내기도 하는 링컨의 어린 망나니들―. 그래도 모르는 척 자기 일에만 열중하고 있는 법률가인 아버지―참으로 모를 사람이다. 야단 한번 치지 않고 그대로 내버려두었으니. '그 녀석들의 모가지라도 비틀고 싶은 심정이었다'고 술회한 헌든의 그 '심정'을 이해 못할 바도 아니다.

　그런 면이 있어야 위인이 되는지도 모르지. 무질서나 혼란을 개의치 않고 그 한가운데서도 자기 나름의 질서와 평화를 찾을 줄 아는 능력. 근본적이고 본질적인 것만을 간직하고, 지엽적인 것들은 될 대로 되라고 내버려두어도 심리적 불안을 전혀 느끼지 않는 튼튼한 신경.

　바꾸어 말하면, 이런 사람은 알맹이만 가지고 껍데기는 버리는 사람이다. 그게 말이 쉽지 사실이야 얼마나 어려운 일인가? 천재가 아니고는 감히 엄두도 못낼 특출한 능력이다. 그러기에 노자(老子)도 '성인은 배를 위하지 눈을 위하지 않느니라'고 하였을 것이다. 뱃속으로 들어갈 알맹이만 찾는 사람은 난 사람이고, 눈어림의 그림자만 쫓는 사람은 못난 사람이다.

스프링필드의 한산한 거리를 터벅터벅 걸어다니는 이 불운의 정치인을 이웃 사람들은 동정의 눈으로 바라다보았다. 모양도 좀 독특하고 옷차림도 좀 어색한 이 중년신사는 때로는 얼빠진 사람처럼 무슨 깊은 생각에 잠겨, 누가 지나가며 인사를 해도 도무지 반응이 없었다. 언젠가 아들 하나를 손수레에 싣고 끌고 가다가 어린것은 도중에 수레에서 떨어져 엉엉 울고 있었건만 그 아버지는 전혀 그 소란을 의식도 못하고 계속 빈 수레만을 끌고 가더라는 것이다. 일단 정계에서 밀려나 시골에 파묻혀 변호사 노릇을 하고는 있지만 링컨 같은 야심가가 정치에의 소망을 완전히 포기했을 리도 없었다. 그는 계속 정치를 공부하면서 그날이 오기만을 고대하고 있었다.

헌든은 곧잘 그의 노예제도 폐지론을 들고 나와 링컨을 설득해 보려고 노력을 했으나 그런 과격한 주장에는 호감이 가지 않는 링컨이었다. 노예제도는 악한 것이고, 언젠가는 철폐돼야 할 부끄러운 제도이지만 폭력을 써서 과격한 방법으로 없애려 한다면 설사 성공한다 치더라도 그 후유증은 더욱 감당하기 어려우리라고 믿었다. 그래서 링컨은 입법을 통하여 정당한 절차를 밟아가면서 서서히 폐지하는 것이 이상적이며, 노예 소유주들에게 일정한 보상을 하는 것이 마땅하다는 그의 입장에는 흔들림이 없었다. 노예도 사유재산인데 남의 재산을 아무리 국가라 하여도 함부로 빼앗을 수는 없는 일이기 때문이다. 따라서 윌리엄 로이드 개리슨이나 데오도 파커 같은 당시의 대표적인 노예폐지론자들의 주장은 위험천만한 것으로 도저히 받아들일 수가 없었던 것이다. 한마디로 말해서 1850년대의 에이브라함 링컨은 그 시대의 이른바 '노예폐지론자'는 결단코 아니었다는 말이다. 그런 사람이 노예해방군의 총지휘관이 되어 실질적으로 노예를 해방하게 되었다는 것은 역사의 또 하나 아이러니가 아닐 수 없다.

　노예문제가 날로 심각하여 감에 따라 점차 불안을 감추지 못하게 된 것은 남부의 지도자들이었다. 종전에는 온건한 노예폐지 운동이 산발적으로 있었던 것이 이제는 전투적인 태세로 포문을 열기 시작한 것이다.

　1850년대에 이르러 북의 경제력은 이미 남쪽을 능가했는데, 점점 정치적으로도 밀리게 된다면 노예왕국이 설 땅은 과연 어디냐 하는 것이 그들의 근심의 원인이었다. 그들의 입김이 세차게 느껴져야 남부의 경제가 현상이라도 유지할 수 있지 만일 이런 추세로만 나간다면 농업 위주의 남부는 공업 위주의 북부에게 천더기밖에 되지 못할 것이 명백하였다.

　남부의 고민을 이해하기 위해서는 미국 정치구조에 대한 약간의 지식이 필요할 듯하다. 미국은 어느 주에서나 2명씩 인구에 관계 없이 의원을 선출하여 상원에 보내게 되었으므로, 남쪽이 소수의 인구를 가지고도 상원을 조종하기가 비교적 수월하였다. 남부의 인구는 좀처럼 늘지를 아니하여, 1850년에도 겨우 9백만밖에 되지 못했고 그중에서도 근 4백만이 흑인노예였다. 북부의 인구는 이미 1천4백만이나 되고 그 증가의 속도는 남부에 비할 바가 아니었다. 북이 인구의 비례에 따라 하원의 주도권을 장악하고 있었지만 상원의 세력 분포는 꼭 균형이 잡혀 있어서, 북에 있는 민주당 소속 의원들만 잘 구슬리면 상원이 남쪽 말을 안 들을 수도 없는 처지였다.

아슬아슬한 판국에 캘리포니아가 노예 없는 주로서 유니온에 가입코자 신청을 냈으니, 만일 그대로 받으면 북은 16주로 늘어나고 남은 15주 그대로 있어 불안과 초조에 떨어야 할 형편이었다. '그러면 우리는 유니온에서 탈퇴하겠다'—이것이 남부 지도자들의 협박 아닌 협박이어서, 연방체제를 유지하기 위하여 헨리 클레이의 주도하에 이루어진 해결 방안이 저 유명한 〈1850년의 타협〉이라는 것이다.

이 타협은 캘리포니아가 자유주로 가입하는 것을 용인하는 동시에 콜롬비아 구역의 노예제도를 폐지하는 대가로, 장차 유니온에 가입할 유타와 뉴멕시코는 노예주로 가입할 수 있는 길을 터놓았다. 그뿐 아니라, 도망친 노예를 잡아서 주인에게 돌려주는 데 관한 법은 더욱 엄하게 만들어, 남부 지도자들의 구미가 당기도록 사탕을 발라주었다.

이 타협안은 임시처변의 미봉책에 불과했지만 당장 발등에 떨어진 불을 끄는 데는 성공하였다. 그러나 연로한 고집불통의 남부 지도자 존 캘훈은 이 타협안이 부당할 뿐 아니라 성공하기도 어려우리라고 악담을 하면서 세상을 떠났다. 그는 헌법을 개정하여서라도 남과 북의 정치적 균형을 유지해야 하고, 노예제도 폐지를 선동하는 놈들의 입을 필요하다면 틀어막기라도 해야 한다고 열을 올렸다. 번번이 반동의 기수 노릇을 하던 이 노정객은, 언론의 자유가 남부 노예주들의 사유재산권의 보전보다 더 중요하지는 않다고 하였으니 역사의 언덕에다 침을 뱉고 가는 자여!

〈1850년의 타협〉은 그런대로 4년의 휴전상태를 유지할 수 있었다. 닫혀진 화약고의 문틈으로 불을 그어댄 사람은 뜻밖에도 북부—그것도 일리노이 출신의 민주당 지도자 스티븐 더글러스였다.

이 사람은 정치의 운을 타고난 사람 같았다. 나이는 링컨보다 네 살이나 아래였지만 이미 일리노이 대법원의 판사, 하원의원, 상원의원 등 쟁쟁한 경력의 소유자로서 젊은 나이에 민주당 중진의 한 사람으로 자타가 공인하는 지도자였다. 더글러스는 키가 작은 것만이 흠일 뿐—난쟁이나 겨우 면한 다섯 자 안팎의 땅딸보였으니까—말 잘하고 수단 좋고 쾌활한 사나이였다.

링컨과는 모든 면에서 대조적인 인물이었다. 지금도 일리노이 주 정부 청사 구내에는, 일리노이가 배출한 이 두 거물의 동상이 서 있는데, 외모나 성격이 너무도 다르다는 인상을 누구나 안 받을 수 없다. 이 '키가 작은 거인'은 키가 작은 사람이 흔히 가지는 권력에의 의지가 남달리 강하고 때로는 지나쳐서 그러한 경향 때문에 허영심이 강하다는 비난을 면하기 어려웠을 것이다.

더글러스가 1850년의 클레이의 〈타협〉으로 간신히 지탱해 오던 남·북 평화를 벌집처럼 쑤셔놓은 〈캔자스-네브래스카 법안〉을 들고 나온 것은 1854년의 일이었다. 그가 상원에 제출한 이 법안은 캔자스와 네브래스카 지방에 조직될 주 정부들의 노예제도 허용 여부는 미국 국회가 결정지을 것이 아니라 거기 거주하는 주민들이 원하는 대로 작성돼야 한다는 색다른 주장이었다.

'최고 결정권은 주민에게'라는 더글러스의 이 원칙을 받아들인다면, 북위 36도 30분 이북에는 노예제도를 용인하지 않기로 한 1820년의 〈미조리 타협〉을 무효로 하는 결과가 된다. 그렇다면 더글러스의 주장은 노예제도의 확대를 은근히 억제해 온 미국의 역사적 방향에 대해서 도전하는 것이나 다름이 없었다. 1850년의 노력이 수포로 돌아가는 것은 물론이고.

'최고 결정권은 주민에게'라는 원칙으로 된 이 법안이 발표되자마자 캔자스, 네브래스카 지방은 일대 수라장이 되고 말았다. 노예제도 찬반 양파가 각기 그 지역에서 세력을 펴기 위해 앞을 다투어 그리로 몰려가니, 폭력이 난무하고 난동이 꼬리를 물어 질서 정연한 지방정부 조직 절차는 엄두도 못낼 만큼 난장판이 되었다. 그러나 더글러스의 능란한 정치적 수완이 주효하여 이 법안은 특히 하원에서 상당한 시련을 겪기는 했지만 드디어 그해 5월 30일에 대통령의 서명을 거쳐 당당히 국민 앞에 공포되

154

었다. 그런데 바로 이 법안이 미국의 산하를 피로 물들인 남북전쟁의 불씨를 안고 있었다. 이 법안이 통과되기 전부터도 북부의 공기는 심상치 않았다. 각처에서 군중대회가 연일 열리고 대성황을 이루는 가운데 이 법안은 혹독한 비난과 공격의 대상이 되었다. 스토우 부인의 〈엉클 톰의 오두막집〉이 이때 전국을 휩쓰는 열광적 인기 속에 날개 돋친 듯이 팔려, 저자 자신을 어리둥절하게 하던 시절임을 상기한다면 그 당시 북부의 교회, 학교, 신문사의 지도급 지식인들만이 아니라 일반 시민의 감정이 어떠했는가를 짐작할 수 있다. 이제부터 노예폐지 운동은 전에 가지지 못했던 타당성과 당위성을 지니게 되는 것이다.

이 어지럽고 위급한 판국에 링컨은 무엇을 생각하고 있었을까? 정치적 기압골에 민감하던 그가 이 폭풍이 불어오는 것을 무심히 바라보고만 있었을 리는 만무하다. 남북대결의 먹구름이 퍼지는 가운데 그는 '나를 부르는 분명한 소리'를 들었다. 때는 왔구나!

오랜 정치적 동면 끝에 기지개를 편 그는 때마침 하원 재선을 위해 입후보한 휘그당 출신의 리차드 예이츠를 돕는 찬조연설을 하기로 결심하였다. 예이츠는 이미 더글러스의 그 법안을 정면으로 거부하여 그의 소신을 밝힌 바 있었기 때문이다.

〈캔자스-네브래스카 법안〉이 상원에 제출된 때부터 링컨은 노예문제를 두고 한층 더 심각한 생각을 하게 되었고, 더욱 깊이 연구하기 위하여 국회 회의록은 물론 주립도서관의 많은 책을 참고하여 상당한 분량의 노트를 작성해 두기도 하였다.

찬조연설 때 이 준비한 자료들을 활용하게 되니 청중이 전에 없던 큰 감명을 받아 그 소문이 퍼지자 그를 연사로 초빙하는 초청장이 원근 각처에서 날아들게 된 것이다.

더글러스가 일리노이 출신이라는 사실은 링컨으로서는 퍽 다행한 일이었다. 공식석상에서 그와 맞붙어 논쟁을 벌일 기회가 언젠가는 있을 것이 분명했기 때문이다.

그 기회는 오고야 말았다. 1854년 10월 3일. 더글러스는 스프링필드에서 열린 박람회에서 연설할 예정이었으나 비가 와서 장소를 하원 건물로 옮겼다고 한다. 그 좁은 홀에 사람들이 하도 모여 질식할 지경이었다. 그는 〈캔자스-네브래스카 법안〉의 근본취지가 결코 노예제도를 확장시키려는 데 있는 것이 아니라고 못을 박고, 그 지방의 기후나 토질이 노예제도를 이미 불가능한 것으로 판정한 지 오래라고 훌륭하게 둘러댔다.

더글러스가 연설하는 동안 링컨은 하원 건물의 로비를 초조히 왔다갔다하며 모임이 파하게 되기를 기다렸다가 흩어지는 청중에게 그는 다음날 그가 같은 장소에서 더글러스 의원의 주장에 응수하는 연설을 하겠노라고 광고했다.

사람도 더글러스 때나 못지않게 많이 모였고, 셔츠바람으로 등단한 그는 조심스럽게 작성된 원고를 앞에 놓고 떠듬떠듬 말문을 열었다. 더글러스가 맨 앞줄에 도사리고 앉아 있는 것을 또렷이 의식할 수 있었다.

링컨이 같은 원고를 가지고 10여 일 후에 다시 이 연설을 되풀이했기 때문에 흔히 '피오리아 연설'로 알려져 있는 이 강연에서 대략 아래와 같은 주장을 내세웠다.

"미국의 이념이 인간으로 하여금 자유를 누리게 하는 것이었기에, 독립을 쟁취한 애국지사들은 건국 초기로부터 노예제도를 제한하고 종당에는 이를 멸절시킬 원대한 계획을 가졌던 것이다. 그래서 〈미조리 타협안〉도 필요했던 것인데, 어쩌자고 더글러스 의원은 〈캔자스-네브래스카 법안〉을 통과시킴으로써 결과적으로는 〈미조리 타협안〉을 폐기케 하여 건국의 대원칙을 배반하여 캔자스와 네브래스카 지역에 노예제도를 끌어들이느냐? 노예제도의 확장을 나는 증오하지 아니할 수 없다. 그 까닭은 노예제도 그 자체가 불의한 것이기 때문이다. 이대로 나간다면 자유로운 체제나 제도하에 사는 다른 나라 백성들이 우리를 얼마나 얕보고 위선자라 비난하겠는가! 노예제도를 그대로 확장한다면 진정한 자유의 벗들이 민권의 근본원칙을 공공연하게 거슬러 싸우는 우리의 진실성을 의심할 것이 아니냐!"

이런 내용으로 된 그의 연설은 상당히 높은 도덕적 차원에서 노예제도 자체를 다루었지만 결코 그 책임을 남부의 노예 소유주들에게 돌리려고는 하지 않았다. 노예소유가 헌법으로 보장된 권리이고, 도망한 노예를 주인에게 돌려주는 것도 법으로 보장되는 것이 당연하다고 주장했다. 다만 노예제도 확장에 대한 그의 태도와 이미 노예가 허용되어 있는 지역의 노예제도에 관

한 그의 입장 사이에는 분명한 차이가 있음을 살펴주기 바란다
고 덧붙였다.

만일 지상의 모든 권한이 일시에 그에게 주어진다 하여도 노
예제도를 당장에 어떻게 할지 자신에게도 묘안은 없다고 고백하
면서, 자기로서는 그들을 해방시켜 아프리카, 리베리아에라도
보내고 싶은 충동을 느낀다고 하였으니, 요새 민권투쟁의 전위
들이 들었더라면 큰일날 망발이다.

하여간 링컨의 의견으로는 독립선언서에 명시된 인간 평등에
대한 오랜 신뢰를 회복하고 〈미조리 타협〉을 되찾는 것이 정당
한 순서일 것이라는 말이다. 이보다 앞서 그는 이미 노예제도가
인간 본성의 이기적인 면에 근거하고 있음을 밝히고 이를 반대
하는 것 또한 정의를 사랑하는 인간의 본성 때문이라고 잘라서
말하고 나서 열띤 어조로 이렇게 외쳤다.

"〈미조리 타협〉을 폐기해 보세요—모든 타협을 폐기해 보세요
—독립선언서를 폐기해 보세요—과거의 모든 역사를 폐기해 보
세요. 그래도 인간의 본성을 폐기하지는 못할 것입니다. 노예제
도의 확장이 잘못이라는 생각이 인간의 마음속에 가득하게 있을
것입니다. 그 가득한 가슴속의 생각을 그의 입으로 계속 말하게
될 것입니다."

스프링필드와 피오리아에서 행한 링컨의 연설은 그의 생애에
전환의 계기를 마련해 주었다. 그 후에도 일리노이 여러 지방에
서 자신의 의견을 피력할 귀중한 기회가 주어진 것이다. 그 시

대만 해도 오늘과 달라, 강연하는 것이 정치활동의 대단히 중요한 부분을 차지하고 있어서 우선 많은 기회를 얻는 것이 필요불가결의 조건이었다.

1855년이 다가온다. 일리노이에서 상원의 의석을 놓고 볼 만한 싸움이 벌어질 터인데 그 싸움에 한몫 끼어들 생각을 링컨은 이제 구체적으로 할 수 있게 되었다. 우리가 아는 링컨은 '굿이나 보다 떡이나 먹자'는 격으로 요행을 바라지 않을 뿐 아니라, 자기가 원하는 것을 찾아 얻으려고 민첩하게 작전 계획을 세우는 만만치 않은 정치인이다. 그는 서서히 상원 출마 공작을 벌이기 시작했다. 무수한 청탁 편지가 그를 밀어줄 만한 친구들에게 계속 발송되었다.

그러나 정치란 때로는 마술사의 지팡이와도 같은 것. 없던 것이 생기게도 하지만, 있던 것이 없어지게도 하는 것. 그 시절의 상원은 간접선거라 주 의회에서 선출되는 법인데, 링컨은 1차 투표에서 44표로 선두를 달렸으나, 여덟 번 투표를 되풀이하는 중에 점점 밀려 열다섯 표로 줄어들었다. 무슨 바람이 어떻게 불었는지, 당선의 영광은 엉뚱한 사람—라이먼 트럼블에게로 돌아가고 링컨은 다시 고독한 자신의 세계로 몸을 움츠릴 수밖에 없었다.

한 아내의 남편으로, 어린 자식들의 아버지로 그는 과연 어떠한 사람이었을까 하는 것도 우리들의 궁금증의 대상이 아닐 수 없다. 그러나 구구한 의견이 서로 엇갈리는 가운데 갈피를 잡기 어려운 면도 없지 않다. 그는 단순함의 미덕을 활용할 줄 알 정도로 복잡한 사람이었기 때문이다.

한 여자가 이런 남자를 남편으로 갖는다면 우선 남보다 힘이 더 들리라는 사실은 누구나 쉽게 짐작할 수 있다. 결혼이란 대개 무난한 사람들에게 어울리는 인간관계이지, 링컨과 같은 '심상치 않은 남자'와 매일 얼굴을 대하면서 일상생활의 자잘한 일들을 놓고 피차에 끊임없이 맞부딪친다는 것은 어느 여성에게나 힘에 겨운 일이 될 것도 같다.

메리 타드와의 결혼생활이 링컨에게 있어서는 견디기 어려운 불행이었다는 주장이 오랫동안 압도적이고 지배적이었다. 메리의 불 같은 성격과 링컨의 차가운 무관심, 또는 링컨의 타고난 친절과 메리의 선천적 교만―만나서는 안될 사람들이 만나서 살게 되었으므로 물과 불처럼 상극이어서 집안은 언제나 지옥을 방불케 하였다는 의견이다.

이 결혼이 링컨에게는 불행이었을지라도 국가나 세계를 위해서는 다행한 일이었다고 보는 사람도 있다. 그를 집에서 몰아내 정치로 밀어넣어 마침내 대통령이 되게 한 사람은 다름아닌 그의 아내 메리였다는 독특한 해석이다. 만일 규모있고 이해성있는 다정한 아내를 만났더라면 링컨이 일리노이 주 경계 밖으로 인들 나가보았겠느냐는 것이다. 그래서 그가 메리와 혼인한 것은 잘된 일이라는 말이다.

아들 넷을 낳았다. 첫아들 로버트는 결혼한 다음해 8월에 얻었고, 둘째 에드워드는 그보다 3년 후 아버지가 하원에 당선되던 해에 출생하여 부모의 사랑을 독차지하였으나 단명하여 네 살 되는 생일을 한달 앞두고 병사하였다. 그 아픔을 링컨은 평생 지니고 살았다. 대통령에 당선되어 스프링필드를 떠나 워싱턴으로 가면서 행한 유명한 연설—'스프링필드여 안녕'에서도 이 슬픔을 회상하고 있다.

"내 입장에 서보지 않고는 아무도 이 작별의 마당에 내 슬픔이 어떻다는 것을 이해 못하실 것입니다. 이 고장 스프링필드와 여기 사시는 여러분의 신세가 태산 같을 뿐입니다. 나는 1세기의 4분의 1을 여기서 살았고 청년의 몸이 이제 노인이 되었습니다. 여기서 나의 어린것들이 태어났고 그중 하나를 묻었습니다."

이 말을 하는 링컨의 눈에는 눈물이 어렸을 것이다.

에디(에드워드)가 죽고, 열한 달 만에 윌리엄이 생겼다. 귀엽고 사랑스럽던 윌리(윌리엄)는 남북전쟁이 한창 치열하던 1862년 2월 열한 살이 좀 넘어 백악관에서 돌연 죽었으니 링컨과 메리는 자식들 때문에도 많은 눈물을 흘렸을 것이다. 막내 토마스는 링컨의 나이 마흔넷에 얻은 아들이다. 태드(토마스)도 단명하여 겨우 열여덟 살에 홀어머니를 두고 먼저 가버렸으니 불효막심한 자식. 다만 맏아들 바브(로버트)만이 하버드 대학을 마치고 법률을 공부하여 변호사로, 실업가로 성공하는 가운데 유명한 아버지의 이름 덕분에 국방장관, 영국대사 등 요직을 역임하기도 했지만 그리 대단한 인물은 물론 아니었다. 73세까지 오래 살면서 유복한 일생을 마쳤다. 링컨은 자식들에 대한 사랑이 지나쳐서 '버릇'을 가르치는 아버지 노릇을 할 마음조차 없었던 것 같다. 워싱턴에 가 있으면서 아내에게 보낸 편지에는 자식들을 그리워하는 아버지의 심정이 잘 나타나 있다. 둘째아들 에디에게 무늬 있는 긴 양말을 사주려고 무척 애를 썼으나 찾지 못했다고도 했고, 자식놈들이 이 애비를 잊어버리지 않도록 잘 부탁한다는 내용도 적혀 있었다. 거기에 대한 메리의 답장은 '애들이 혹시 아버지를 잊어버리지나 않을까 하는 걱정일랑 마세요. 에디는 아버지의 이름만 들어도 좋아한답니다'라고 되어 있다.

때와 장소를 가리지 않고 아버지의 무릎 위에 기어오르기도 하고, 어머니가 목욕물을 데워놓고 옷을 벗겼더니 벗은 채로 달아나 대문을 젖히고 큰길에까지 도망친 것을 아버지가 달려가서 붙들어가지고 목말을 태워 목욕통에까지 성공리에 압송한 일도 있었다고 하니 동리 사람들이 얼마나 재미있는 구경을 한 셈인가. 그때 윌리의 나이 세 살이었다.

예배당에 갔다가 예배 도중에 말썽을 부리는 아들을 한팔에 끼고 집으로 돌아오다가 친구들을 만났다. 링컨이 눈웃음을 지으면서 하는 말―"요놈의 망아지를 데리고 갔더니 하도 발길질을 많이 해서 도중에 끌고 나왔습니다."

아마도 스프링필드 8가 이층 집에 살던 때가 이 집 식구들에게는 가장 행복한 시절이었을 것이다. 그는 결혼한 지 일 년 좀

162

지나서 결혼을 주례해 준 목사에게서 이 집을 구입하여 이층으로 늘렸던 것이다. 지금 가보아도 훌륭한 집이다. 이 집에서 백악관으로 옮겨가기까지 근 17년 동안(하원의원으로 있던 이 년 가운데 일 년은 메리도 아이들과 더불어 워싱턴에 살았지만) 링컨 일가는 삶의 희로애락을 바로 여기서 함께한 것이다.

백악관에 살면서도 재미있는 일이 아주 없지는 않았다. 언젠가 이 집 이층서 수염을 기른 점잖은 어른들이 여러 사람 모여서 심각하게 토론을 벌이고 있었는데(물론 국무회의였다) 이 집의 장난꾸러기 아들 둘이 장난감 대포를 끌고 쳐들어오지 않겠나! 이 예기치 않았던 기습을 당하여 장관나으리들은 크게 당황. 그래서 국무회의를 일단 휴회하고 육·해군의 총사령관인 대통령 자신이 직접 진두 지휘하여 질서를 겨우 회복한 일도 있었다. 아버지가 본시 장난을 좋아하니까 아들들도 그런 엄청난 짓을 감히 저질렀을 것이 아니겠는가! 그러나 어떤 경우에도 애들을 벌주거나 꾸짖지 않는 것이 이 집 아버지의 특징이기도 했다.

링컨과 메리는 22년 하고도 6개월이나 한솥의 밥을 먹고 살았는데 그 기나긴 세월을 한 집에 살면서 충돌과 마찰이 전혀 없었으리라고는 생각하기 어렵다. 셋째아들 윌리의 죽음은 확실히 메리에게는 감당하기 어려운 타격이어서 그녀의 정신상태에 약간 이상한 징조가 보이기 시작했다는 사실을 감추기는 어렵다. 특히 남북전쟁은 켄터키에 살던 타드 집안의 많은 친척과 친지들을 적으로 만들었으므로 이것 또한 메리로서는 견디기 힘든 정신적 고통이었다. '저런 여자가 어떻게 백악관의 여주인으로 있을 수 있는가' 하는 억울한 비난을 받은 적도 있었다. 초조, 불안—요새 말로 하면 노이로제의 현상이 그녀를 괴롭혔던 것이다.

남편은 전쟁을 지휘하기에 침식을 잊었는데, 많은 목숨이 죽어가고 많은 재산이 불타고 있었는데, 메리는 돈을 펑펑 쓰는 것으로 그녀의 욕구불만을 달래기나 하듯 링컨으로서도 걱정을 안할 수가 없을 만큼 자릿수 높은 계산서가 백악관으로 날아들곤 했다.

전쟁이 끝날 무렵—1865년 봄, 남편을 따라 리치먼드 근방의 그랜트 장군의 군대를 방문했을 때 링컨이 어떤 장교 부인 두 사람과 나란히 말을 타고 사열을 했다는 이야기를 듣고, 대통령 어부인께서 어떻게나 화가 났는지 체면 불구하고 한바탕 소란을 피웠다고 한다. 그래서 링컨이 좀 진정하라고 했더니 마치 암호랑이처럼 그녀는 맹렬한 기세로 덤벼들더라는 것이다. 물론 그녀에게 그런 시련이 있어서 그런 정신상태가 되었을 것이다. 더욱이 옆에 앉았던 남편이 총에 맞아 쓰러지는 것을 목격하고 나서는, 과부 메리 타드는 정말 정신이상을 극복하지 못한 채, 비참하게 죽어 그 위대한 남편의 곁에 묻히고 말았다.

그들의 결혼생활의 마지막 몇해만을 중요하게 다룬다는 것은 공평하다고 하기 어려울 것이다. 문제는 마지막 이삼년을 제외한 그들의 결혼생활 20년이 역시 남달리 불행했던 것인가 아닌가 하는 문제인 것이다.

19년 동안이나 링컨 일가의 옆집에서 살았다는 어떤 이웃이 이런 말을 했다.

"링컨 내외는 좋은 이웃이었습니다. 때때로 링컨 부인이 성미를 부리기도 했지만 화목한 집안이었어요. 부인의 성미가 곤두서서 야단을 하게 되면 링컨은 애들을 데리고 밖으로 나가거나 그저 웃거나 하면서 되도록 모르는 척하더군요."

그렇게 말하면서도 이 이웃은 그녀의 처지에 동정 안할 수도 없었다고 했다. 남자는 순회재판을 따라 여러 날 지방에 가서 집을 비우기가 일쑤라 메리인들 낮에는 외롭고 밤에는 무섭지 않았겠느냐는 것이다.

"메리는 입버릇처럼 이렇게 말하더군요. 남편이 좀더 집에 있어 주면 얼마나 좋겠느냐고요."

링컨 집안에 불화가 있었다면 그 책임이 홀로 메리에게만 있었던 것은 아니다. 정치에 몰두하여 사생활을 포기하는 남자를 좋아하지 않는 여성들이 어느 나라에나 많이 있는 것도 사실이다. 메리의 불만은 남편을 더 많이 차지하지 못하는 데서 온 불만이었고, 링컨이 가정의 불화 때문에 정치로 달려간 것이 아니라 정치적 성공을 향한 그의 집념 때문에 가정에 좀더 충실할 수가 없었던 것뿐이다. 메리가 링컨을 사랑하고 링컨이 메리를 아낀 사실을 의심할 수는 없다. 결혼이 천사들의 관계가 아니고, 가정이 천상의 낙원이 아닌 이상 유독 링컨과 메리에게만 완전무결하게 행복한 결혼생활을 요구한다는 것은 아무리 생각해도 무리한 일인 것 같다.

키 큰 남편과 작달막한 아내가 스프링필드의 이층 집에서 사랑과 질투의 숨바꼭질을 하는 그동안에도, 남과 북의 상공에는 무서운 증오의 먹구름이 퍼져가고 있었다.

〈캔자스—네브래스카 법안〉의 충격은 너무나도 컸다. 미국의 정계가 온통 벌집을 쑤신 듯 많은 사람들이 자기의 처해 있는 위치를 분별하기 어려웠고 어떤 사람들과 어떻게 어울리고 짝해야 할지 갈피를 못 잡고 망설이고 있었다. 링컨은 1855년 8월 친구 스피드에게 보낸 편지에서 자신의 처지도 불확실하다고 전제하면서 그래도 흔들릴 수 없는 그의 정치적 신조를 다음과 같은 말로 피력하였다.

"자네도 알아야 하네. 얼마나 많은 북부의 인사들이 단지 헌법과 연방정부에 대한 그들의 충성을 버리지 않기 위해 그들의 감정을 억제하고 있는가를 말이야. 나는 노예제도의 확대를 반대하네. 내 판단과 느낌이 그런 것을 어떻게 하나. 내가 노예제도 확대를 반대하지 않아야 할 아무런 책임도 내게는 없어. 이 문제로 자네와 내 의견이 달라도 하는 수 없는 일이 아닌가!

자네는 내 현재의 입장이 무엇이냐고 묻지만 대답하기 곤란해. 나는 휘그당원이지만 남들은 이젠 휘그당도 없고 나는 노예제도 폐지론자라는 거야… 나는 현재로서는 노예제도 확대의 반대나 하는 것이 고작이야. 만인은 다 동등하게 지음을 받았다고 선언하면서 우리는 한 국가로서 출발을 했지. 그런데 이제 와서는 만인은 다 동등하게 지음을 받았지만 흑인은 제외한다고 읽는 것이나 다름이 없지 않나."

노도 같던 정치의 물결이 일단 지나가고 부평초처럼 떠돌아다니던 정치적 부동세력도 이제는 어디엔가 뿌리를 내려야 할 때가 되었다. 만일 링컨도 지도자로서의 바탕을 굳히려면 자신의 위치를 분명히 해야 할 때가 된 것이다. 단지 노예제도를 미워하고 〈캔자스-네브래스카 법안〉에 대한 반대만으로 민중이 지도자에게 바라는 것을 다 충족시키고 있는 것이 아니었기 때문이다.

이런 분위기 속에서 진통을 겪고 있던 것이 1854년에 다소 과격한 정당으로 선을 보인 공화당이었다. 일리노이 공화당의 주 전당대회가 블루밍턴에서 열리게 된 것은 1856년 5월이었다. 이에 앞서 상당한 급진 세력과 호흡을 함께 해온 빌리 헌든이 링컨 출타 중에 그의 사전 허락도 없이, 당 대회 소집 취지문에다 링컨의 이름을 적어넣음으로써 그를 일단 스프링필드의 보수분자들과 격리시켜 일리노이의 진보적 세력과 관련을 맺는 계기를 마련한 셈이다.

더글러스의 법안에 반대하는 세력은 이날 블루밍턴에 다 모인 것 같았다. 헌든의 사전 공작에 동의하고 여기 나타났을 때 그는 이미 각오한 바가 있었다. 이 자리에서 당원들의 거듭된 박수에 못 이겨 단상에 오른 링컨은 그의 생애에서 가장 극적인 강연을 하였다고 헌든은 회고하였다. 이것이 소위 '블루밍턴의 잃어버린 연설'이라는 것이다. 아무데도 전문이 실린 곳이 없어서 들었다는 사람들의 기억을 더듬어 적어놓은 줄거리밖에는 아는 바가 없다.

헌든은 그날의 감격을 다음과 같이 적어놓았다.

"이제 그는 새로이 세례를 받고 거듭 탄생한 것입니다. 그는 새로 개종한 사람의 열을 보였습니다. 꿈틀거리던 불길이 솟아오르고 일찍이 그에게서 보지 못하던 열성이 불붙었습니다. 그의 두 눈은 영감에 타는 듯하였습니다. …그는 영원한 정의의 보좌 앞에 서 있었습니다. 그의 연설은 불과 열과 힘에 넘쳐 흘렀습니다."

헌든은 처음 15분쯤 연설 내용을 받아 적으려고 했으나 그만 붓을 던져버리고 그 시간의 영감 속에 녹아들었을 뿐이라고 하면서 링컨의 키가 보통 6자 4치라고 한다면 그날 블루밍턴에서는 족히 7자는 되었으리라고 찬사를 아끼지 않았다.

"그날 이후 죽는 그날까지 그는 정의 위에 굳건히 섰습니다. 그는 무거운 십자가를 의식했고, 그의 위대한 사상을 품었으며 그것을 가꾸고 지켰고 다른 사람들에게 가르쳤으며 죽는 날까지 신실함으로써 그 사상의 증인이 되었으며 마침내 그의 고귀한 피로써 이것을 인봉(印封)한 것입니다."

이 연설 이후 링컨이 공화당 정·부통령 후보 지명전에서 유력한 부통령 후보로 교섭을 받았던 사실만 보아도 이 연설의 반

168

응이 대단하였고 이로 말미암아 그는 이제 전국적인 인물로 등
장하게 된 것은 의심의 여지가 없다.

1856년 대통령 선거전의 막이 올랐다. 이 선거에서 공화당이
승리하기를 기대할 정도로 현실에 대해서 눈이 어두운 그는 아
니었다. 6월 필라델피아에서 열린 공화당의 전당대회는 존 프레
몽을 대통령 후보로 지명했고 링컨이 부통령 물망에 올라 110표
까지 받았으나 결국 데이튼이라는 뉴저지 사람에게 그 자리를
빼앗기고 말았다. 그러나 그 후 몇달 동안 대통령 후보 프레몽
을 위해 그는 50회 이상이나 찬조연설을 하며 당의 사기를 돋우
어주었다. 11월 선거에서 예상대로 프레몽은 패하고 민주당 후
보 제임스 뷰캐넌이 대통령에 당선되고 말았으나 선거의 결과를
분석해 본다면 공화당이 반드시 장래성이 없는 정당이라고 하기
는 어려웠다. 뷰캐넌이 180만 표, 프레몽이 130만 표인데 아메
리카당의 밀라드 필모어는 겨우 90만 표밖에 얻지 못하였으며 4
개 주를 제외하고는 모든 북부의 주들이 압도적으로 공화당을
지지했다는 사실 또한 마음 든든한 추세였다.

이 선거의 결과를 또 다른 각도에서 검토한다면 〈캔자스-네
브래스카 법안〉에 찬성하는 민주당에다 던진 표는 180만표인 데
비하여 노예제도의 확대를 반대하는 표는 이보다 40만 표가 더
많다는 결론이다. 그럼에도 불구하고 1857년 대법원의 〈드레드
스캇 판결〉은 확실히 노예문제에 대한 여론의 방향을 무시하는
처사라 아니할 수 없었다. 이 악명 높은 판결을 한마디로 요약

한다면 미국 국회는 미국 영토내의 노예제도를 금지할 하등의
권한을 갖고 있지 않다는 것이다. 이 판결의 논리대로 한다면
노예는 사유재산이므로 만일 노예주가 그 재산을 어떤 지역으로
가져간다 할 때 미 합중국 헌법이 최고법이기 때문에 그 특정한
지역의 법이 그의 사유재산을 몰수할 수는 없다는 것이다.

　남과 북의 격한 감정이 점차 분화구를 찾는 이때에 어쩌면 대
법원은 마른 나무에 기름을 뿌리고 성냥불을 그어대는 것 같은
이런 위험한 판결을 내렸을까.

　그 해 6월 더글러스 상원 의원은 스프링필드에서 〈드레스 스
캇 판결〉을 변호하는 연설을 하여 물의를 일으켰다.

　"법원은 헌법에 따라 마련되었고 국민의 권위로 이룩된 재판
소로서 법을 확정하고 해석하고 시행하는 기관입니다. 그런고
로 누구든지 최고의 법적 판결기관의 최종 결정을 거부하는 것
은 우리의 공화주의적 정치체제 전반에 치명타를 가하려는 것입
니다." 이것이 더글러스의 주장이었다.

　이에 대해 링컨은 잭슨 대통령(물론 민주당이었다)이 〈은행전
쟁〉때 대법원의 결정을 무시하는 메모지를 보낸 사실을 상기시
키면서 '나는 당시 더글러스 판사가 그 판결을 비난하고 잭슨
장군이 그 결정을 무시한 처사를 찬양하는 말을 되풀이하는 것
을 들은 일이 있다'고 응수하면서 법의 결정이 상식을 외면할
수는 없다고 대들었다. 흑인 노예제도를 전국적으로 영원히 이
땅에 굳히려는 것은 독립선언서를 기초한 선배들에게 면목 없는

노릇이라고 못박고, 그 선배들이 '만인은 다 동등하게 지음을
받았다'고 했을 때 빛깔과 크기와 지성과 도덕적 발육 내지 사
회적 기능이 동등하다는 뜻은 아니었지만 거기에는 자유로운 사
회의 표본을 이룩하려는 뜻이 있었다고 날카롭게 지적하였다.
　〈뉴욕 타임즈〉는 링컨의 이 연설을 전문 게재하였다. 먹구름
이 퍼지는 가운데 에이브라함 링컨은 이제 점점 전국적으로 중
요한 존재가 되어간다.

제9장
백악관의 새 주인

남북간의 긴장이 거의 폭발지점에 다다른 이 위태로운 상황에서 소수의 지지만을 가지고 백악관으로 간다는 것은 불레셋의 방백들 앞에 삼손이 머리를 깎인 채 끌려가는 것이나 다름이 없었다.

백악관의 새 주인

  '최고의 결정권은 주민들에게'라는 더글러스의 원칙 때문에 캔자스는 문자 그대로 피를 흘리고 있었다. 1857년 가을, 캔자스 리컴프튼에서 열린 노예제도 지지자들의 제헌총회는 새로 조직될 캔자스 주 정부의 헌법을 만들면서, 노예제도 용인 조항을 노골적으로 삽입하고 단지 그 조항만을 일반투표에 회부하자는 기발한 제안을 하기에 이르렀다. 설사 이 조항이 부결된다 하더라도 헌법 자체가 노예제도를 받아들이도록 짜여져 있어서 캔자스가 노예주가 된다는 것은 너무나도 확실한 전망이었다.

  이런 추세는 더글러스의 입장에서도 난처한 것이었다. 리컴프튼 대회는 결과적으로 그의 '최고의 결정권은 주민들에게'라는 대원칙과 정면으로 충돌하는 것이나 다름없었다. 자기 꾀에 스스로 말려들었다는 말은 이런 경우를 두고 한 말일 것이다.

　뷰캐넌 대통령이 캔자스의 유니온 가입 문제를, 리컴프튼 헌법을 받아들이는 방향에서 다루기로 민주당의 방침을 결정했을 때, 더글러스는 그 이상 참을 수가 없어서 워싱턴으로 달려가 뷰캐넌과 대판 싸움을 벌이니, 이 두 사람은 죽는 날까지 원수가 되었고 그들의 민주당은 이 난국에 박살이 나고 만 것이다.

　이 '작달막한 거인'은 민주당을 뿌리쳤고, 그의 의기와 용단은 특히 동부의 공화당원들에게 상당한 호감을 불러일으킨 것이 사실이다.

　이런 분위기 속에서 더글러스의 상원 임기가 끝나는 1858년이 다가왔고 그의 행정부와의 반목에도 불구하고 일리노이의 민주당은 그 해 4월의 당대회에서 더글러스의 상원에서의 업적을 높이 찬양함으로써 실질적으로는 그를 다시 지명한 것이나 다름없게 되었다. 한편 공화당은 6월 스프링필드에 모여 링컨의 지명을 만장일치로 가결함으로써 상원의 자리 하나를 놓고 역사적인 〈링컨—더글러스 논쟁〉이 불을 뿜게 되는 것이다.

　상원 후보로 지명받은 사실은 링컨에게 있어서 조금도 놀라운 일이 아니었다. 그는 그렇게 될 줄을 미리 알고 지명을 수락하는 연설을 오래 전부터 준비하고 있었다. 이 연설이 민주당과 그밖에 모든 노예제도 확대론자들에게 결정타를 가한 유명한 '집이 스스로 분쟁하면'이라는 연설이다.

　"만일 우리가 현재 처해 있는 위치가 어디며 또 우리가 어디를 향하여 가고 있는가를 우선 알 수만 있다면 무슨 일을 어떻게 해야 하느냐 하는 문제에 보다 나은 판단을 내릴 수가 있을 것입니다.

노예제도를 확대시키려는 선동에 종지부를 찍는다는 정부당국의 뚜렷한 목적과 자신있는 약속으로 시작된 정책이 이미 5년에 접어들었습니다.

그 정책 실시기간 중에 이 선동운동은 종결되기는커녕 오히려 부단히 증대되어 왔습니다.

생각컨대, 이 운동은 장차 우리가 위기에 부딪쳐 그 위기를 뚫고 나가기까지는 끝나지 않을 것입니다.

'집이 스스로 분쟁하면 설 수 없습니다.'

나는 이 정부가 영구히 반은 노예, 반은 자유의 상태로 지속될 수는 없다고 믿습니다.

나는 유니온이 와해될 것을 바라지 않습니다. 나는 집이 무너질 것을 바라지 않습니다. 나는 분쟁이 종식되기를 간절히 바랄 뿐입니다."

링컨은 더글러스가 공화당 내부에까지 파고들 것을 우려하여 이 연설 뒷부분에서는, 더글러스가 현재로서는 설사 민주당 왕조의 수령과 다소 불화를 빚고 있다고는 하지만 그가 감히 노예제도 반대운동의 기수가 될 수는 없는 일이라고 못을 박고는 공화당의 승리를 확신한다는 말로 끝을 맺었다.

파국을 예언한 링컨의 이 연설은 그 후 〈링컨―더글러스 논쟁〉의 주제처럼 활용될 뿐 아니라 이년 동안이나 두 사람의 싸움의 초점으로 이용되곤 하였다. 더글러스는 링컨의 이 예언이 오히려 분쟁과 내란을 자극하는 것뿐이라고 반박하기도 했다.

더글러스가 링컨의 '집이 스스로 분쟁하면'이라는 연설에 정식으로 답한 것은 3주일 후 시카고에서 시작한 그의 첫번 선거 연설 때였다. 링컨은 그 자리에 초대를 받고 참석하여, '미국 정부는 백인을 바탕으로 수립되었고 백인에 의해 운영되도록 만들어졌다'는 더글러스의 논리를 조심스럽게 분석하였다. 더글러스에 의하면 흑인의 자유란 그 자유가 사회의 안전을 위협하지 않는 범위 내에서만 허용되는 것이며, 각 주는 흑인에게 부여할 권리의 내용이 무엇인지를 자체 내에서 결정지어야 한다는 것이다.

만일 링컨의 주장대로 나가면, 어느 한쪽이 굴복되기까지 싸움은 계속돼야 한다는 결론이 아니냐고 하면서 "〈캔자스—네브래스카 법안〉의 원칙과 인민의 자결권을 지지한다"고 덧붙였다. 링컨은 그 다음날 밤 같은 장소에서 더글러스의 주장을 반박하는 연설을 하였고, 2주일 후 다시 시카고에서 더글러스에게 일련의 논쟁을 함께 가질 것을 제의하였다. 더글러스는 링컨과 여섯 차례 같이 강단에 설 것에 동의하여, '논쟁의 정식 시리즈'는 8월 21일부터 오타와에서 열기로 합의를 보았다.

일리노이 벌판에 불길을 치솟게 하는 역사적 선거전이 벌어졌다. 미국 역사에 있어서 서북지방이 큰 역할을 담당할 시기가 다가온 것이다. 상원의원 한 사람을 뽑는 일이 문제가 아니라,

미국 역사의 최대의 위기를 극복할 참된 지도자를 일리노이가
배출해야 할 운명에 놓여 있는 것이 문제였다.

염천 아래서 장장 3시간의 논쟁을 듣기 위해 오타와에 모인
청중이 1만 명을 헤아렸고, 프리포트에서는 차가운 보슬비 속에
1만 5천 명이 운집하였다고 한다.

이럭저럭 선거전도 종막에 접어들었다. 민주당은 더글러스의
10월 20일 모임을 끝으로 당선으로의 발돋움에 마무리를 지었
고, 공화당은 30일에야 최후의 궐기대회를 가지고 선거전의 막
을 내렸다. 인근 도시에서 대표들이 모이고 큰 깃발 작은 깃발
을 휘날리는 가운데 행진도 하고 불꽃놀이도 하면서 그야말로
축제 기분이었다. 이날 오후 연단에 올라 링컨은 비장한 표정으
로 이렇게 말했다.

"이번 선거전은 여러 가지 면에서 나에겐 고통스러웠습니다.
나 자신은 물론 나의 동역자들까지도 우리의 목적이 유니온을
파괴하려는 것이라는 비난을 끊임없이 받아왔습니다. 그리고
더러운 욕설이란 욕설은 모조리 뒤집어썼습니다. 뿐만 아니라
어제까지만 해도 친구인 줄만 알았던 사람들이 이런 짓에는 앞
장을 서더군요. 나는 꾹 참기만 했고 이에 응수하려고도 하지
않았습니다.

나더러 야심만만하다고 합니다…. 내가 정치적 명예에 무관
심하다고는 우기지 않습니다."

그는 호소하듯 말을 이었다.

그러나 링컨은 만일 〈미조리 타협〉이 되살아나고 노예제도를 이 이상 확대하지 않는 것을 전제로 이미 이 제도가 존속해 온 지역에다 관용을 베풀 수만 있다면 더글러스 판사가 종신토록 상원의원으로 있는대도 아무런 이의가 없겠다고 하였다.

투표날은 11월 2일, 비가 오고 있었다. 더글러스의 승리는 거의 확실한 것 같았다. 두달 후 일리노이 주 의회에서 정식으로 표결이 되었을 때, 더글러스는 54표, 링컨은 46표.

이 선거전은 두 가지 면에서 큰 의의를 지녔다고 하겠다. 첫째, 이 선거전을 통하여 1860년의 민주당 분열이 불가피하게 되었고 따라서 더글러스가 대통령 선거에 출마해도 당선의 가망이 희박해진 것이고, 둘째는 〈링컨─더글러스 논쟁〉이 링컨을 전국적 인물로 만들었을 뿐 아니라 차기 대통령 선거에 공화당 후보로 출마하는 길을 열어준 것이나 다름없었다.

선거전에 패하여 낙선됐으니 기대에 어긋난 것은 사실이지만, 그는 조금도 낙심한 것 같지도 않았다. 무슨 큰일이 자신의 앞으로 굴러오는 것 같은 묘한 예감이 들었기 때문이다. 작은 싸움에 지고 큰 싸움에 이기면 되는 것이 아닌가!

1858년의 선거전이 막바지로 접어들던 어느 날 밤, 스프링필드에서 멀지 않은 어느 조그마한 정거장에서 연착하는 기차를 기다리던 링컨이 옆에 있던 기자에게 이렇게 말했다고 한다.

"우리 집사람이 나더러 상원의원이 되고 그 다음엔 대통령이 돼야 한다고 고집이란 말이야. 좀 생각해 보게─나 같은 머저리가 대통령이라니!"

이렇게 말하면서 그는 쓸쓸하게 웃었다는 것이다.

그러나 링컨을 대통령으로 세웠으면 하는 사람들이 이미 상당한 수에 이르렀고 1859년 9월 이후 그가 오하이오를 위시하여 위스콘신, 캔자스 등 중서부 각처에서 행한 연설이 뜻밖에 좋은 반응을 일으켜 링컨 지지자들의 신념이 더욱 공고해진 것이다.

특히 1860년 2월 28일 그가 뉴욕의 쿠퍼 유니온에서 행한 연설은 그의 이름을 동부에까지 널리 전하는 적절한 기회로써 활용되었다. 바로 그 전해 10월 16일 극단의 행동파 노예폐지론자 존 브라운이 하퍼스 페리에 있는 연방 정부의 무기고를 급습한 놀라운 사건이 발생하였다. 그는 곧 체포되어 사형선고를 받고 12월 2일 드디어 교수대의 이슬로 사라지고 말았다.

링컨은 공화당이 마치 존 브라운의 무기고 습격과 무슨 관련이라도 있는 것처럼 민주당이 악선전하고 있는 사실을 지적하면서 공화당의 결백을 내세웠다. 존 브라운이 공화당원이 아니었을 뿐 아니라 이 사건은 단 한 사람도 공화당원이 관련된 선동의 결과라고 볼 수도 없다고 주장하였다. 그는 이 불상사가 역사에 흔히 있는 국왕 내지 황제에 대한 암살 사건과 내용이나 철학에 있어서 조금도 다를 바가 없다고 하면서 모든 중상을 사실 무근하다고 일축한 것이다.

그러나 링컨이 존 브라운의 과격한 행동을 공격은 하면서도 분명한 언어로 노예제도를 옹호하는 남부의 처사를 정죄하였고 만일 공화당에서 대통령이라도 나오면 유니온에서 탈퇴해버리겠다고 공갈을 일삼는 남부 인사들을 가차없이 공박하였다. 그리고 이런 말로 결론을 맺었다.

"우리들에게 대한 잘못된 비난을 들어도, 그것 때문에 우리들의 의무를 저버리는 일이 없도록 하십시다. 그리고 정부를 무너뜨리겠다느니, 또는 우리들을 감옥에 처넣겠다느니 하는 협박을 두려워 말고 우리의 의무를 다합시다. 정의는 힘이라는 신념을 가지고 이 신념 위에 서서 우리의 의무라고 믿는 바를 끝까지 과감하게 완수하도록 노력합시다."

'정의는 힘이라는 신념을 가지고' 끝까지 싸워보겠다는 이 말은 확실히 링컨의 의식구조에 상당한 변화가 있었음을 시사하는 말이다. 지금까지 중도 또는 중간노선의 모색을 모든 정책의 최선의 바탕으로 삼아온 사람의 입에서 어쩌면 이런 이상한 말이 쏟아져나왔느냐가 흥미로운 사실이다.

형편과 사정이 달라짐에 따라 사람도 달라지고 정책도 달라지게 마련이 아니겠는가? 미국이라는 나라가 이제 서로 용납 못하는 두 개의 진영으로 갈라서는 역사의 템포가 전에 없이 빨라지는 이 무서운 현실에 직면하여 내란의 징조가 도처에 나타나고 남북의 충돌은 불가피하리라는 예감이 있어서 그가 그런 말을 했을 것이다.

뉴욕 강연을 마치고는 그는 엑세터 사립학교에서 대학입시 준비를 하고 있는 맏아들 로버트를 보려고 오가는 길에 뉴잉글랜드 지방을 두루 살폈다. 링컨을 공화당의 차기 대통령 후보감으로 점찍은 사람들이 동부 지방에도 이미 상당하다는 사실을 깨달을 수 있었다. 민주당은 4월에 찰스턴에서 전당대회를 가졌으나 결국 깨어지고 말았으니 공화당 후보의 당선 확률은 점점 높아가고 있었던 것이다.

대통령 될 꿈을 안고 뛰는 놈 나는 놈이 왜 공화당에라고 없겠는가? 윌리엄 슈워드는 뉴욕 주지사를 지낸 사람으로 1848년 이후 줄곧 상원의 자리를 지키고 있는 당내의 거물─날카로운 성격에 기회주의적 기질이 농후하지만, 노예제도의 확대는 정면으로 반대하여 극렬분자라는 낙인을 받기도 하였다. 이것이 흠이라면 흠이었으나 상당한 지지자를 거느린 유망주. 새먼 체이스는 오하이오 출신으로 주지사를 두 번이나 지냈고 상원의원의 경력도 있었지만 슈워드보다 더 극렬하다는 누명을 쓰고 당내에서는 그의 성격 때문에 별볼일 없는 사람─. 그 밖에도 두서넛 공화당의 중진들이 군침을 삼키고 있었다.

그런데 링컨은 이 사람들처럼 잘 알려지지 않은 인물이라는 사실이 단점인 동시에 장점이기도 했다. 그를 과격하다고 물리칠 사람도 드물고 그를 보수적이라고 따돌릴 사람도 많지 않았다. 요컨대 그는 1860년에도 아직 미지수의 인물이었던 것이다. 국회 하원에서 2년의 임기를 채운 경력밖에는 전국적으로 알려질 만한 요직에 앉아본 경력이 전혀 없는 탓으로 신인이라면 신인이었고, 따라서 불구대천의 원수를 정계에 만들 겨를조차 없

었던 것이다. 그뿐 아니라 그가 켄터키의 시골 출신이라는 사실
은 소수의 특권층을 제외한 일반 서민층에는 호감가는 배경이기
도 하였다. 자수성가한 사람—젊어서 고생하다 후에 성공한 사
람을 가난한 민중은 흠모하게 마련인 것이다.

공화당의 전당대회는 5월 18일 당의 선거전략을 꾸미고 대통
령 후보 지명 절차를 밟기 위해 시카고에서 열렸다. 첫번 투표
에서는 슈워드가 70표나 링컨을 앞섰다. 그러나 2차 투표에서는
그 간격이 3표 반으로 좁혀졌다. 대세는 이미 결정된 것이다. 3
차 투표에서 에이브라함 링컨은 당당히 공화당의 1860년 대통령
후보로 지명된 것이다. 장내는 흥분의 도가니였다. 막후에서는
많은 정치적 흥정이 오고갔지만 후보로 지명된 링컨 자신은 모
르는 일이었다.

한편 민주당은 이미 깨어진 거울이나 다름없었다. 6월 다시
볼티모어에 모였을 때 당내의 북부 세력은 스티븐 더글러스를
대통령 후보로 지명했고, 남부 세력은 켄터키의 존 브레킨리지
를 밀기로 확정하고 말았으니 가장 단결이 필요한 이때 민주당
은 수습할 수 없는 혼란의 웅덩이 속으로 더욱 빠져 들어가고 만
것이다. 사태를 더욱 어지럽게 하려는 듯 휘그의 잔당과 민주당
원들로 구성된 아메리카당은 테네시의 존 벨을 대통령 후보로
내세우기에 이르렀으니 과연 어지러운 판국이라 !

공화당 후보는 스프링필드의 자택에서 조용한 나날을 보내고
있었다. 선거에 쓰일 짤막한 자서전 하나를 집필한 것 외에는

별다른 활동이 없었다. 그러나 이 책자가 몇주 내에 1만 부 이상이 팔렸다고 한다.

그는 한가한 듯하였으나 공화당은 표를 얻기 위한 온갖 방법을 다 강구하고, 특히 북부 일대의 여러 도시에서는 〈파수꾼〉이라는 공화당의 청년조직이 맹활약을 하고 있었다. 번쩍거리는 모자를 쓰고 망토를 걸치고 이들은 횃불이나 램프를 들고 거리를 누비며 '깨어 있으라'고 외치고 다녔으니 '깨어 있으라'는 말은 정신을 차리고 공화당에 투표하라는 뜻일 것이다.

다행히도 슈워드를 위시한 공화당의 거물들이 일치단결하여 링컨을 밀며 공화당의 승리를 위해 최선을 다하고 있었다. 그들은 모두 링컨보다는 자기가 대통령 될 자격을 더 갖추었다고 믿는 터이었으나 공화당이 살아야 자기가 살고 공화당이 이겨야 미국이 산다는 확신 아래 전심전력 선거전에 임한 것이다. 일이 되려면 이렇게 되는 것이다. 푸르른 새 날이 밝아오듯 공화당 앞에 홀연히 큰 빛이 나타나는 것만 같았다.

더글러스도 가만있을 사람은 아니었다. 남과 북으로 뛰어다니며 타협과 종용과 화해를 간청했다. 현직의 뷰캐넌 대통령은 더글러스가 미운 나머지 모든 행정력을 동원하여 더글러스 대신 브레킨리지를 지원하고 있었다. 일이 안될라치면 이렇게 안되는 것이다.

1860년 11월 6일이 투표날이었다. 링컨이 승리한 것이다. 선거위원단 표로 한다면 링컨이 181, 브레킨리지가 72, 벨이 39,

더글러스가 12표로 꽁지였으니 링컨이 압도적 승리를 거두었다
고 할 수 있을 것이다. 그러나 일반 표수를 집계한다면 링컨이 1
백86만 6천4백52표, 더글러스가 1백37만 6천9백57표. 하지만 브
레킨리지와 벨과 더글러스 표를 합치면 그 총수는 근 1백만 표
나 링컨을 능가하고 있었으니 그는 다수의 지지를 받지 못했다
고 풀이할 수 있다. 여기에 문제가 있는 것이다. 남북간의 긴장
이 거의 폭발지점에 다다른 이 위태로운 상황에서 소수의 지지
만을 가지고 백악관으로 간다는 것은 불레셋의 방백들 앞에 삼
손이 머리를 깎인 채 끌려가는 것이나 다름이 없었다.

　1861년 2월 11일 에이브라함 링컨이 스프링필드를 떠나 워싱
턴으로 향하던 그날 비가 사정없이 쏟아지고 있었다. 우중에도
불구하고 많은 사람들이 정거장에 나와서 큰일을 맡아 먼 길을
떠나는 옛 친구를 전송하는 것이다. 그는 특별열차의 맨 뒤칸에
서서 짤막한 고별인사를 처량한 표정으로 읽고 있었다.

　"나는 이곳을 떠납니다. 언제 돌아오게 되는지, 과연 돌아올
수 있을는지 그것도 알지 못한 채 워싱턴에게 맡겨졌던 것보다
도 더 어려운 일을 앞에 놓고 나는 갑니다. 그를 돌보아주신 거
룩하신 하느님의 도우심이 없다면 나는 성공할 수 없습니다. 하
느님의 도우심만 있다면 나는 실패할 리 없습니다. 나와 함께
계시고 또 여러분과 함께 계시고 어디서나 영원히 계시는 하느
님을 믿으며, 모든 일이 다 잘돼가기를 믿는 마음으로 희망을
가집시다. 내가 여러분을 하느님 손에 맡기듯, 여러분의 기도

속에서 나를 하느님께 맡기시길 바라면서 정성어린 작별을 고합
니다."

비가 계속 억수로 쏟아지고 있었다.

뉴욕, 필라델피아를 거쳐 암살 음모의 소문이 나도는 볼티모
어를 지나 그의 일행이 탄 기차가 워싱턴에 도착한 것은 다음날
새벽 6시였다. 대통령에 취임코자 입성하는 사람이 소식도 없이
몰래 워싱턴에 들어서다니 ! 이 한가지 사실만도 그날의 험악한
국내의 사정을 말하여 주는 듯하다.

취임식은 3월 4일, 미 합중국 제16대 대통령이 취임하였다.
백악관의 새 주인이 탄생한 것이다.

제10장
피 흘림이 없이는

남의 집 애들에게 특별한 관심을 보
인 적이 없는 그였으나 자기 자식에게
만은 모든 것을 주고 모든 것을 바쳤다.
아마도 으리으리한 백악관에서 살면서
원시적 애정을 그대로 지니고 자식을
사랑한 사람은 링컨뿐이었을 것이다.

피 흘림이 없이는

남북전쟁이 한창 치열하던 어느 날, 링컨 대통령은 이 전쟁이 곧 하느님의 뜻이 아니겠느냐고 한 일이 있다.

'사람의 힘으로는 일으킬 수도 없고 멈출 수도 없는 이 거대한 격동에 뒤이어, 하느님께서는 어떤 위대한 선을 분명히 드러나게 하실 것'이라고 확실히 그는 믿었던 것이다.

1860년부터 61년 사이에 북미 대륙에서 일어났던 일련의 불행한 사태를 미연에 방지할 수 있는 사람은 있을 수 없었다는 말인가? 하느님께서 일으킨 전쟁이라면 형제가 피를 흘리는 이 참혹한 싸움을 싸우지 않도록 화해를 시키지 못한 책임을 아무도 질 필요가 없다는 말인가?

링컨의 이런 주장은 잘못된 것이었는지도 모른다. 전쟁을 방지할 수 있는 사람들이 있었던 것은 사실이다. 링컨도 그중의

하나였을 것이다. 아니, 그중에서도 제일 강하게 책임을 느껴야
할 사람이었을 것이다. 60~61년 사이의 그 불안하던 겨울 동
안, 그가 대통령 당선자였고 그의 당이 집권의 채비를 서두르고
있지 않았는가?

따지고 보면 그의 당선이 곧 전쟁의 가능성을 확대시키고 타
협의 꿈을 포기하게 한 것도 사실이다. 선거가 실시된 것이 11
월 6일인데 나흘 후에는 캐롤라이나의 주 의회가 총회 소집 일
자를 정하고 이 총회가 연방정부로부터의 탈퇴를 가결한 것이
12월 20일이다. 이 모든 심상찮은 움직임은 다 링컨의 대통령 당
선과 직결된 불상사였다. 그날, 뉴욕의 거물 덜로우 위드가 스
프링필드로 링컨을 찾아와 남부와의 타협에 대한 그의 의향을
타진해 보았을 때, 노예제도 확대에 관한 타협은 있을 수 없을
것이라고 단호한 태도를 표명하였다. 그는 타협을 거절한 것이
다.

이듬해 61년 정월에만도 미시시피를 필두로 플로리다, 앨라바
마, 조지아, 루이지애나가 차례로 탈퇴해 나갔고 2월 초하루에
는 텍사스가 유니온과의 인연을 끊음으로써 연방정부는 이미 일
곱 주를 잃은 셈이다. 그들은 모여서 제퍼슨 데이빗을 이미 남
부의 대통령으로 추대하였다.

타협을 거절해서 사태가 이처럼 심각하게 된 것이라면 그 타
협을 거절할 수밖에 없었던 상황은 과연 무엇인가?

우리는 60년 선거에서 공화당에 투표한 유권자들의 의향이 타

협을 거부하라는 것이었다는 사실을 기억해야 할 것이다. 다시 말하면 노예제도의 확대는 절대로 반대라는 것이다.

'노예제도에 양보하기 시작하면 끝이 없다. 그러다가는 공화당도 망하고 공화당원의 정치 생명도 끝이 난다. 당을 살리려면 원칙을 살려야 한다. 당을 희생시키지는 말자'—이것이 공화당 내의 여론이었으니 링컨으로서도 어찌할 도리는 없었을 것이다.

그러나 링컨이 타협을 거절한 동기는 좀더 깊은 곳에서 찾아야 한다. 공화당이 살고 자신의 정치 생명도 유지해야 한다는 문제도 정치인인 그에게는 중대한 문제였을 것이지만 링컨은 노예제도가 미국의 미래에 조만간 중대한 사태를 초래하리라고 믿었던 것이다.

노예제도를 그대로 버려두면 장차 미국인의 자유가 심한 타격을 받게 될 것을 그는 우려하고 있었다. 그래서 설사 당장의 어려운 사태가 벌어지더라도 노예문제에 관한 타협만은 하지 않기로 결심한 것이다. 그것이 과연 옳은 판단이었을까?

타협을 거절했으니 전쟁은 이제 불가피하게 되었다. 어떻게 하면 희생을 최소한으로 줄일 수 있을까?—그것만이 링컨의 관심사였다. 힘이 있으면 희생을 줄일 수 있고 힘이 없으면 그것조차도 불가능하게 되는 법이다. 지도자가 힘을 발휘해야 할 때가 온 것이다.

링컨은 첫 내각을 조직하는데 벌써 그가 결코 무기력한 지도

자가 아님을 과시하였다. 흔히는 경쟁자를 멀리하고 자기 권력
에 도전할 만한 사람은 뒷전으로 밀어두는 것이 평범한 지도자
들의 하는 짓이지만 링컨은 그렇지가 않았다.

그는 당내에서도 가장 유력한 사람들—특히 대통령 후보 지명
전에서 하마터면 그를 누르고 후보가 될 뻔한 강자들을 그의 주
변에 배치함으로써 난국을 타개할 강력 내각을 구성한 것이다.
슈워드가 국무장관에, 체이스가 재무장관에 임명된 사실만 보
아도 알 수 있다.

링컨의 매력은 사실 이런 데 있다. 그것은 멋진 정치의 곡예
요, 대담한 예술적 기질의 발휘라고도 할 수 있다. 스프링필드
의 어느 친구가 링컨이 체이스의 입각 교섭을 고려하고 있다는
말을 듣고, 체이스는 링컨보다 자신이 더 크다고 믿고 있는 사
람이니 조심하라고 경고했을 때, 링컨은 "좋아, 누구든지 나보
다 더 크다고 생각하는 사람이 있으면 알려줘요. 그런 사람들로
내각을 한번 채워볼 테니"라고 하였다니 듣기만 해도 속이 시원
한 이야기다.

사이먼 캐메런이 물러나고 국방장관을 새로 임명하게 됐을 때
그는 에드윈 스탠튼을 발탁하였다. 스탠튼이 누군가? 시카고
의 저명한 변호사였다. 몇해 전 어느 유명한 소송사건 하나를
함께 담당했을 때, 스탠튼은 사람들 앞에서 링컨을 크게 모욕한
일이 있다. 그는 링컨을 가리키면서 "저런 시골 변호사와 변론
을 함께 담당하다니, 내 체면 문제"라고 하면서 변호를 거절하

고 나간 일이 있다.

이런 원수를 갚기 위해서 흔히 지도자라는 사람들은 권력을 잡으려고 발광을 한다. 일단 권력을 잡으면 몬테 크리스토 백작처럼 일일이 원수를 갚음으로써 쾌감을 느낀다. 소인이 하는 짓이다.

링컨은 스탠튼을 기용하였다. 모욕을 당한 것은 사사로운 일이고 나라의 일은 나라의 일이 아닌가? 스탠튼이 유능하다는 것을 알고 있었던 링컨은 기회를 놓치지 않고 그를 안아 들인 것이다. 얼마나 통쾌한 노릇인가?

취임한 지 한달이 지나도록 확실한 방향을 제시하지 못한다는 비난의 소리가 높았다. 조속한 결정을 내려야 할 문제는 탈퇴한 남 캐롤라이나 찰스턴 항구 가까이 있는 연방정부의 섬터 군사기지에 보급을 할 것이냐 말 것이냐 하는 것이었다. 보급을 하지 않으면 섬터의 유니온 장병이 굶어 죽거나 항복하게 될 것이고 보급을 한다 해도 남군의 공격을 견뎌내기는 어려울 것 같았다. 각료의 대부분은 포기하자는 비관론이었으나 링컨은 결정을 보류한 채 끌고 또 끌었다. 보급을 하는 데 또 하나의 문제는 이미 남군의 손에 있는 찰스턴 항구를 향해 군수물자를 싣고 간다는 것은 무력 충돌을 도발하는 행위나 다름이 없었던 것이다.

링컨은 망설이고 있는 것이 아니었다. 그는 때를 기다리고 있었다. 정치에는 특히 타이밍이 중요한 역할을 한다.

기다리다 기회를 놓치는 사람보다는 서두르다 기회를 망치는 사람이 항용 많은 법이다. 그뿐이 아니다. 개인 사이의 작은 싸움이건, 나라와 나라 사이의 큰 싸움이건, 전쟁에는 으레 도덕의 문제가 개입하게 마련이므로 먼저 치는 측은 언제나 도덕적인 면의 핸디캡을 지니게 된다. 이래저래 링컨은 시일을 끌 수밖에 없었을 것이다.

　국무장관 슈워드가 또 두통거리였다. 이 사람은 자기가 대통령이 돼야 할 것을 링컨이 잘못 앉았으니 '정신적 대통령'은 자기라고 믿고 있었던 것 같다. 그는 전쟁을 해야 한다는 주장이었다. 남군의 정부가 유럽의 승인을 받고 외교활동을 벌이는 이 마당에 속수무책으로 있어서는 안된다고 하면서, 첫째 국민의 관심을 이제는 노예문제에서 유니온의 존폐 문제로 유도해야 한다는 것이고, 그러기 위하여서는 미국 정부가 유럽과의 전쟁을 도발하는 것이 상책이라고 제안하였다. 슈워드는 이런 말로 그의 의견을 맺었다. "이것이 본인의 특별한 임무의 분야는 아니오나 일단 책임을 져야 하는 계제라면 그 책임을 회피하지는 않겠나이다."

　제안 자체가 기상천외인 것도 사실이지만 이 의견서를 쓴 사람의 의식에는 분명히 자기가 대통령 노릇을 하겠다는 것이 아닌가. 그러나 슈워드도 시간이 가면 알게 되는 일. 세월이 흐르는 가운데 대통령은 자기가 아니라 링컨이고, 자기는 어디까지나 링컨의 국무장관에 불과하다는 사실을 뼈저리게 느끼게 된다. 약 두 달 후 자기 아내에게 편지하면서 '역시 대통령이 우리 모든 사람들보다도 훌륭해'라고 한 것은 슈워드였다.

링컨이 드디어 섬터 군사기지에 식량 보급을 지원하기로 명령하여 그 배가 찰스턴 항구로 다가갔을 때, 지상에 배치됐던 남군의 대포가 섬터 기지를 향해 포문을 열었다. 4월 12일 새벽 4시 반. 남북의 전쟁이 일어난 것이다.

수비대장 앤더슨 소령은 이틀 후에 항복을 하였고 링컨 대통령은 4월 15일 7만 5천 명의 의용군 모집을 공고하면서 7월 4일에 국회 특별회의를 소집하게 하였다. 북부의 반응은 즉각적이었다. 도처에 시위·궐기대회가 일어났고 부유한 시민들은 군대 장비를 위해 아낌없이 돈을 바쳤다. 사기는 충천!

시골은 시골대로, 도시는 도시대로, 피리 불고 북 치며 밤낮으로 거리는 떠들썩하였고 여인들은 잠오는 눈을 비벼가면서 군기를 만들고 군복 짓느라 바쁘기만 하였다. 아마 링컨이 7만 5천 아니고 37만 5천을 모집했어도 입대를 지원한 장정은 얼마든지 더 있었을 것이다.

더글러스도 20만 명 정도는 모집해야 하지 않겠느냐는 의견이었다. 미국이 좋아지는 것은 이런 사실 때문이다.

링컨의 라이벌—사랑에 있어서도 정치에 있어서도 가장 철저하게 링컨의 적이던 더글러스가 직접 찾아와서 협력을 약속하면서 왕년의 원수를 격려하는 것이었다. 땅이 넓고 나라가 커서 그런 것인지—한반도에 태어나 여지껏 살아온 사람에게는 신기하게만 들린다.

'사꾸라'가 되려는 것도 아니요, 감투를 탐내는 것도 아닌 대국적인 입장—그는 밤과 낮을 가리지 않고 유니온을 지지하라고 호소하면서 분열의 위험을 경계하였다. 더글러스의 호소는 설득력이 있었다.

'나는 민주당이고 링컨에게는 부표를 던졌으나 나라가 망하는 걸 방관할 수는 없지 않겠나'—이것이 많은 민주당원들의 한결같은 심정이 되게 하는 데 '작달막한 거인'은 크게 공헌하고, 과로 탓인지 그 해에 쓰러져 그만 세상을 떠나고 말았다.

남군이 섬터를 공략한 사실이 북부의 단합을 촉진하였다면 링컨이 지원병을 모집한 사실이 남부를 단결시킨 계기가 되었다. 그 발표가 있은 지 이틀 후에 버지니아가 탈퇴하였고, 당시 군부의 가장 유능한 지휘관으로 알려졌던 로버트 리는 북군 사령관직을 수락해 달라는 링컨의 교섭을 거절하고 18일 오후 조용히 말을 몰아 고향 버지니아로 돌아가버렸다. 의리에 사는 것도 훌륭하지만 확실히 역사의 방향을 잘못 판단한 웨스트 포인트의 수재 로버트 리 장군! 북으로 향했어야 할 그의 말머리를 남으로 돌렸으니!

버지니아의 탈퇴는 수도 워싱턴을 위험 상태에 몰아넣었다. 메릴랜드마저 유니온을 배반한다면 워싱턴은 남군의 손에 빼앗긴 것이나 다름없었다. 볼티모어를 거쳐 북으로부터 오는 철로 하나가 생명선인데 이것마저 끊어지면 미국의 수도는 고립을 면치 못하게 마련이었다.

194

그날은 예상보다도 빨리 오고야 말았다. 철로도 끊기고 통신도 두절되었다. 볼티모어로부터 들어온 마지막 전문은 폭도들이 전신국을 강점했다는 불길한 소식이었다. ―1861년 4월 21일.

링컨 행정부의 생명이 경각에 달린 것만 같았다. 이튿날 그는 초조감을 감추지 못한 채 백악관의 적막한 홀 안을 왔다갔다하면서 혹시 구조선이 먼발치라도 보이지나 않나 창가에 다가서서 유유히 흘러가는 포터막 강변으로 시선을 돌리기도 했다. 강 건너 버지니아 땅에 보이는 것은 큰 건물 위에 꽂혀진 남군의 깃발 하나.

밤이 되었다. 남군 병사들의 모닥불빛이 조용한 4월의 하늘 아래 조용히 흔들리고 있었다. 적이 멀지 않은 곳에 있는 것이다. 그래서 이 전쟁이 어려운 전쟁인 것도 사실이었다. 워싱턴을 사수해야 한다. 링컨은 더욱 초조해졌다. 온다는 지원군이 어째서 오지를 않나? 그는 대통령 집무실에 사람들이 있는 것도 잊은 듯 큰소리로 "그들이 왜 안 오지? 그들이 왜 안 오지?"하며 무척이나 안타까운 표정―. 4월 22일 화요일이었다.

애나폴리스에 집결했던 북군의 지원 부대는 목요일 낮에야 워싱턴 시내에 쏟아져 들어오기 시작했다. 그 다음날에는 더 많은 북군이 시가를 누볐다. 워싱턴은 살았다. 유니온은 위기를 모면했다. 이제 이 전란의 수도는 다시 활기를 찾고 전쟁을 이기기까지 부가된 사명을 다하게 될 것이다.

이제사 메리도 아이들을 데리고 백악관에 자리를 잡았다. 화려한 것을 남달리 사모하던 그녀는 워싱턴의 찬란한 사교계를 주름잡고 싶었겠지만 명망있던 가문 출신의 남부 인사들은 이미 고향으로 돌아가고 없었다. 보스턴이나 뉴욕지방의 명문 출신들이 켄터키 출신의 그녀를 호감있게 받아주지 않은 것도 메리의 기분을 건드린 사실 중의 하나였을 것이다.

링컨처럼 '비천한 환경'에서 자란 사람이 대통령이 되었다고 갑작스레 사교계에 관심이 생겼을 리도 없을 뿐더러 국무에 시달리고 전쟁 지휘에 골몰한 그로서는 메리의 원을 다 풀어줄 처지도 아니었다. 그녀는 백악관의 여주인공이라는 자랑스러운 특권을 자랑스럽게 여기는 것 같지도 않았다.

링컨은 메리에게보다는 어린 두 아들에게서 큰 위로를 받았다. 남의 집 애들에게 특별한 관심을 보인 적이 없는 그였으나 자기 자식에게만은 모든 것을 주고 모든 것을 바쳤다. 아마도 으리으리한 백악관에 살면서 원시적 애정을 그대로 지니고 자식을 사랑한 사람은 링컨뿐이었을 것이다.

그래서 백악관에는 질서도 없고 세련된 교양이나 섬세한 예절도 찾아보기 어려웠다. 그의 비서로서 그를 가까이서 여러 해 지켜보았던 존 헤이는 링컨의 표면적인 서투름을 시인하면서도 그의 깊숙한 인격의 힘이 언제나 그의 서투른 사교생활을 감싸주고도 남음이 있었다고 하였다.

"보통 사람들은 링컨을 잘 이해하고 있었다고 나는 생각합니다. 그러나 에나멜 가죽에 염소가죽 장갑이나 끼고 다니는 자들은 마치 부엉이 새끼가 그 껌벅이는 두 눈에 들어오는 혜성의 불빛을 보지 못하는 것처럼 그를 알아보지 못하지요. 그자들의 링컨 평은 대개 무지와 편견의 수치스런 발로입니다. 그자들의 계집애 같은 천성이란 링컨 같은 위대한 인격에 접하게 되면 본능적으로 위축되고 맙니다. 나는 링컨이 아무리 결함이 있었건, 장점이 있었건 공화정치의 화신이라고 생각합니다. 좀 거친 면이 있었다 하여도 공화정치만이 병든 세계의 유일한 소망입니다. 그래서 그 모든 단점에도 불구하고 링컨은 그리스도 이후의 최대의 인격입니다."

여기서 우리가 문제삼고자 하는 것은 그가 '그리스도 이후의 최대의 인격'이었느냐 아니냐 하는 것이 아니라 그는 무엇을 믿고 이 난관을 똑똑한 정신으로(보통 사람이면 미치고 말았을테니까) 뚫고 나갔느냐 하는 것이다. 그의 비서였던 헤이의 말에서 우리는 무슨 암시를 받는 것도 같다. 난국에 처한 지도자에게서 우리가 바라는 것은 권모나 술수가 아니다. 그런 힘도 있으면 좋다. 그러나 정말 필요한 것은 어떤 힘보다도 가장 순수한 인격의 힘이라는 사실을 깨닫게 된다. 거기에 바탕을 둔 지혜만이 참 지혜이다. 순수한 인격없이 생긴 지혜는 악마의 지혜라 결국은 그 지혜 때문에 판단을 그르치고 만다.

섬터가 포격을 받고 남군의 손에 넘어간 즉시 그가 육군·해군의 총사령관으로서 한 일은 첫째 지원병을 모집하고 둘째 남북 전역 항구의 봉쇄령을 내린 것이지만 아직도 전략의 윤곽이 뚜렷한 것은 아니었다.

74세의 고령인 윈필드 스캇 장군은 링컨에게 버지니아에서 남군과 대전하는 어리석음을 피할 것과 그 대신 미시시피 강을 완전히 손아귀에 넣고 봉쇄령을 철저히 강행함으로써 남군의 숨통을 서서히 끊을 것을 권고하였다.

그러나 링컨의 판단은 그렇지가 않았다. '속전 속결'이 전략의 기초라고 믿어서가 아니라 '쇠뿔도 단김에 뽑아야 한다'는 속담처럼 북부의 사기가 충천하고 있는 이 기회를 놓쳐서는 안된다는 생각 때문이었다. 일단 전쟁이 벌어졌는데 소극적 태도로는 승리를 기대하기 어려울 것 같았다.

우유부단하면 인명의 피해와 재산의 손실이 오히려 많아지는 법이다. 그는 스캇 장군의 권면을 무시하고 버지니아로의 진격을 명하였다. 그 결과는 우선 7월 21일 불런에서의 참패로 나타났다. 링컨은 즉시 군사 계획안을 기초하여 그의 전략의 테두리를 명시하였다.

링컨의 생각은 어느 한두 군데에서 남군과 맞붙을 것이 아니라 여러 개의 전선에서 동시에 공격을 개시함으로써 우선 남·북 중간에 위치한 미조리, 켄터키, 서부 버지니아, 동부 테네시 등지에 널려 있는 북부 동조자들을 묶어 전쟁 수행에 협력토록 하려는 것이다. 그는 이렇게 설명하였다.

"전쟁에 관한 내 견해는 대개 이러하다. 우리는 수에 있어서 압도적인 반면 남군은 교전의 지점에다 군력을 집결시키는 능력

에 있어 우리를 능가한다. 그러므로 우리가 만일 수의 우세를
활용하는 방안을 강구하지 못한다면 종당 패배하고 말 것이다.
그러기 위해서는 여러 지점에서 일시에 우세한 군사력을 총동원
하여 적을 위협하는 것이 유일의 방법이다."

과연 수에 있어서는 북이 압도적으로 우세하였다. 유니온을
지지하는 주들의 총인구는 2천3백만이었고 남부의 총인구는 9백
만에 미달이었으며 그중의 4백만은 흑인 노예였으니 전쟁에 직
접 동원되기는 어려운 계층이었다. 만일 남·북 접경 주들에서
동조자를 규합하여 북군에 편입한다면 남쪽은 우선 북의 인적
자원에 눌리게 마련이었다.

그러나 불행히도 유능한 군사 지휘관들의 대부분이 남부 출신
이어서 그것이 북군에는 커다란 위협이었다. 제퍼슨 데이빗을
위시하여 로버트 리, 스톤월 잭슨은 다 쟁쟁한 군인들로서 출신
을 따라 남군으로 가버린 지휘관들이니 그들이 개개의 전투에
있어서 비상한 작전을 할 수 있을 것은 분명하였다. 그래서 링
컨은 여러 지역에서의 동시 공격을 제창했을 것이다. 아무리 북
에 물적 인적 자원이 풍부해도 전투에 지면 결국 유니온이 와해
될 것이 아닌가!

후세의 군사 전문가들은 링컨의 이런 전략을 높이 평가하면서
그를 '군사적 천재'라고 부르지만 그의 휘하의 장군들은 그의
작전을 군사 지식의 결핍에서 오는 것으로 간주하고 좀처럼 적
극적으로 응하려 하지 않았다. 그래서 북군의 사령관을 몇번이

나 갈아대야 했던가! 스캇 후임인 젊은 멋쟁이 조지 맥클레런 장군이 전군의 사령관이 되었으나 몇달이 지나도 달팽이 걸음밖에 하지 않는 그를 링컨은 오래 붙잡고 있을 수가 없어 포프, 번사이드, 후커, 미드 등 여러 장군에게 번갈아 지휘봉을 맡겨보기도 하였다.

링컨은 장군들에게 직접 명령을 내린 일도 있었고, 자신의 이름으로 작전에 관한 사견을 적어 손수 보낸 일도 없지 않았다. 그는 리의 군대를 섬멸하는 것이 가장 시급한 북군의 과제임을 강조하였다. 남부 연합군의 수도로 책정된 리치몬드를 점령하거나 북부에 침입한 남군을 몰아내기만 하는 것으로 전쟁이 끝나지 않으리라는 확신 때문이었다. 그의 판단은 확실히 옳은 것이었다.

전쟁은 전쟁이고 정치는 정치이다. 전쟁이 정치의 일부이지 정치가 전쟁의 일부는 아닌 것이다. 분쟁의 초점은 노예제도의 존폐 문제다! 치열한 전투가 계속되는 가운데도 링컨은 노예문제의 처리 방안을 국회와 더불어 검토하는 중이었다. 지방 정부의 조직이 아직 실현되지 않은 지역의 노예제도를 금지하는 법안이 통과되었고, 또하나의 법안은 콜롬비아 구역내의 노예제도를 폐지하되 정부의 보상을 전제로 하는 것이었다.

이왕 전쟁까지 유발한 노예제도를 차제에 뿌리뽑는 것이 옳으리라는 일반의 여론도 점차 높아가고 있었다. 그래서 그는 서서히 노예제도를 근절할 수 있는 '유상 해방'안을 62년 3월 국회에 제출했으나 이렇다 할 반응이 나타나지 않았다. 단지 87일간의 전쟁 비용만 가지면 네 개의 중간 주와 콜롬비아 구역내의 모든 노예를 사서 해방시킬 수 있다고 그는 장담하였건만 뜻을 이루지 못하였다. 전세는 불리하고 사랑하는 아들 윌리는 죽고―그에게는 적막과 비애와 고통에 가득 찬 봄이었다. 53세의 대통령은 환갑을 지난 노인처럼 늙어갔다.

6월 22일, 그는 노예해방 선언문 초안을 들고 각의에 참석했다. 이 선언문에 대한 각료들의 의견을 듣고자 하였을 뿐 마음의 작정은 이미 다 되어 있었고, 또 이에 따르는 책임도 자신이다 걸머질 각오가 서 있었던 것이다. 이 선언문에는 1863년 1월 1일을 기하여 그때가 되어도 미국 헌법의 권위가 미치지 못하게 계속 반란하는 모든 주에서 노예는 영구히 해방한다고 명시되어 있었다.

이 선언문 기초의 대국적인 동기는 남북전쟁이라는 이 막대한 희생에 그 나름의 의미를 부여하려는 것이다. 왜 싸워야 하는가 하는 물음에 대해 국내외에 뚜렷한 목적을 정통 정부의 입장에서는 제시할 수 있어야 할 것이다. ―'노예제도를 말살하기 위한 전쟁!'

그러나 좀더 직접적인 동기는 우선 남·북 접경의 노예 주들을 계속 유니온에 붙들어두자는 것이다. 유니온에서 탈퇴하면 그들은 노예를 잃어야 하고 그 울타리 안에 남아 있기만 하면 그 재산은 잃어버리지 않아도 된다. 그렇다면 노예해방 선언은 인도주의적 입장에서 기초된 것이 아니라 순전히 전쟁 수행상의 하나의 방편으로 만들어진 것이 아니냐는 비평을 면할 수 없다. 사실이 그런 것이다. 대통령으로서의 링컨의 책임이 반드시 노예제도를 폐지하는 데 있는 것이 아니라 다만 헌법상의 직권을 가지고 유니온을 사수할 책임만이 그에게 있었기 때문이다.

약속은 약속이 아닌가! 시세를 타는 것이 아무리 정치꾼의 상습이라 하더라도 공약을 변경하거나 공약을 저버릴 수는 없는 것이다. 〈뉴욕 트리뷴〉의 호리스 그릴리가 〈2천만의 기도〉를 발표하면서 전쟁의 원인인 노예제도를 그대로 두고 이 반란을 진압하는 것이 무슨 뜻이 있느냐고 대들었을 때도 링컨은 이 전투에서의 그의 최대의 목표는 유니온을 구출하는 일이며 노예제도를 살리거나 무너뜨리거나 하는 일이 아니라고 잘라서 말하면서 "만일 내가 노예를 한 명도 풀어주지 않고 유니온을 건질 수만 있다면 그렇게 할 것이고 만일 모든 노예를 풀어주어야 건질 수 있다면 또한 그렇게 할 것이고, 만일 일부는 해방하고 일부는 남겨두어야 유니온을 건진다면 또한 그렇게 하겠노라"고 답하였던 것이다.

다만 그는 이 선언문의 발표를 당분간 보류하기로 하였다. 마침 리치몬드 전투가 실패로 돌아간 때라 전세의 호전을 기다리는 것이 현명하리라는 국무장관의 의견을 받아들여 한동안 비밀에 붙이기로 한 것이다.

1862년 9월 22일, 앤티텀 전투가 다소 북군에게 유리하게 끝

난 것을 계기로 그는 노예해방 선언문의 최종 문안을 각의에서
낭독하고 이것을 이틀 후에 보도진에 교부하였다. 그러나 심지
어 북부에서도 당장의 반응은 신통한 것이 없었다. 하지만 부분
적으로나마 1863년 1월 1일을 기해 노예는 해방되게 된 것이고
링컨은 노예의 해방자로서 역사에 길이 남아 있게 되는 것이다.

　하여간 리의 남군을 속히 섬멸하여 전쟁을 끝내는 것이 링컨
으로서는 가장 시급한 일이었다. 형제가 서로 싸워 피를 흘리고
있다. 이 피를 헛되게 하지 말아야 한다.

제11장
최후의 일각까지

몸은 비록 백악관의 값진 가구에 둘러싸여 당대의 거물들만 상대하는 높은 자리에 앉았으나 뉴세일럼에서 잡화상 점원 노릇을 하던 30년 전의 그 사람과 다를 바가 없었다. 그는 그때의 그 사람 그대로였다.

최후의 일각까지

정치가 링컨은 여론에 대하여 민감한 사람이었다. 노예해방 선언의 반응이 처음에는 기대에 어긋났지만 점차 전쟁의 궁극적 목적을 노예해방으로 승화시키고 '노예에게 자유를 부여함으로 하여 우리는 자유인에게 자유를 확증하는 것'이라고 한 그의 말의 참뜻이 국내외에서 제대로 받아지기 시작하는 듯하였다.

영국의 귀족층은 사실 처음부터 남부에 대하여 동정적이었고 북군의 패배를 손꼽아 기다리는 것 같기도 하였다.

그러나 〈뉴욕 데일리 트리뷴〉에 기고한 마르크스와 엥겔스의 보도 내용을 보면 근로층은 처음부터 북부에 대하여 동정적이었다. 링컨의 남부 해상 봉쇄령이 영국산업에 적지 않은 타격을 주었지만 맨체스터의 직공들은 1863년초 대통령에게 결의문을 보내면서 그들이 전적으로 링컨 정부의 전쟁 목적에 공감을 느낀다고 밝혀 놓았다. 링컨은 점차 세계적 인물로 부각되고 있다.

링컨처럼 또박또박 정도를 밟아 세계적으로 유명하게 된 정치인도 드물 것이다. 어떤 사람은 쿠데타로 명성을 얻고 어떤 사람은 납치 사건으로 유명해진다. 처음에는 시골 동리의 문제만 다루다가 점점 범위가 넓어져 한 고을의, 한 지방의 문제들을 다루게 되었고 나중엔 국가적 차원의 중대지사가 그의 해결을 기다리게 되었다. 이제 그는 미국을 대표하는 지도자로서 세계를 상대하게 되지 않았는가!

'우리는 역사를 피할 수가 없다'는 유명한 말을 1862년 12월 그는 국회에 보내는 메시지에 삽입한 일이 있지만 이제 그는 역사를 피할 수가 없을 뿐 아니라 피할 필요가 없는 인물이 된 것이다.

그러나 몸은 비록 백악관의 값진 가구에 둘러싸여 당대의 거물들만 상대하는 높은 자리에 앉았으나 뉴세일럼에서 잡화상 점원 노릇을 하던 30년 전의 그 사람과 다를 바가 없었다. 그는 그때의 그 사람 그대로였다. 이것이 놀라운 사실이다. 그는 30년 동안에 성장은 했지만 변질은 하지 않았다. 여전히 정직하고 여전히 친절하고 여전히 잘 웃기고 여전히 슬픔에 잠겨 있었다.

그런 사람을 '씨알'이라고 불러도 좋을 것이다. 알맹이고 그 속에는 생명이 꽉 차 있어서 언제나 살아 있고 힘이 있는 존재이다. 살아서 힘이 있기 때문에 그의 주변에는 늘 감격이 있다.

206

보초를 서다가 잠이 들어 군법회의에서 사형이 확정된 젊은이를 어떻게 하면 살릴 수 있을까—그는 그 구실 하나를 찾기 위해 많은 시간을 들이고 구실 하나를 찾으면 그의 사면을 명령하고 그리고 혼자 어린애같이 기뻐하였다.

전쟁이었다. 강권을 발동해야 할 일도 있었고 인신보호의 대원칙을 일시 묶어두어야 할 경우도 없지 않았다. 그래서 폭군이라는 욕도 먹고 독재자라는 비난도 받았다. 하지만 아무리 국가의 안전을 위해서 부득이 취해진 강압 조치일지라도 그 뒤에는 언제나 따뜻한 인정이 감돌고 있었다. 그래서 우리가 그를 잊지 못하는 것이다.

다섯 아들을 다 전쟁에서 잃었다는 보스턴의 한 과부에게 그가 보낸 편지를 읽으면 누구나 눈시울이 뜨거워지지 않을 수 없을 것이다. 링컨은 다섯 아들이 다 전사한 줄로 잘못 알고 보낸 편지이기는 하지만 그 글줄 사이에는 순수한 인간의 정이 흐르고 있다. 그래서 그런 글을 읽으면 사람은 살 맛을 느끼게 되는지도 모른다.

그런 순수한 사람이 시인 워즈워드가 말하는 이른바 '타고난 경건심'을 가지고 게티스버그의 전사자 공동묘지 봉헌식에 갔으니 역사가 기억할 만한 위대한 말이 나왔을 것이다. 나라를 위해 목숨을 바친 젊은이들에 대한 아픔이 있고 눈물이 있었기에 그 짧은 연설은 역사에 길이 남게 되었을 것이다.

남과 북의 격전이 벌어졌던 게티스버그의 골짜기와 언덕은 다시 고요해지고 낙엽이 깔린 나지막한 언덕에는 가을이 깊었다.
—1863년 11월 19일.

"87년 전 우리들의 선조들은 자유 속에 잉태되어 만인은 다
동등하게 지음을 받았다는 것을 신조로 삼는 새 나라를 이 대륙
위에 건설하였습니다.

이제 우리는 이런 나라가, 또는 이런 정신으로 잉태되고 이런
신조를 지니는 모든 나라가 과연 영속할 수 있는지의 여부를 판
가름하는 거창한 국내 전쟁을 겪는 중에 있습니다….

…우리가 여기서 하는 말을 세상은 주의하여 듣지도 않고 오
래 기억하지도 않을 것입니다. 그러나 저들이 여기 남기고 간
일을 세상은 잊지 않을 것입니다. 이곳에서 싸운 용사들이 이처
럼 훌륭하게 여기까지 밀고 온 미완성의 사업에 몸을 바쳐야 할
사람들은 오히려 여기 살아남은 우리들 자신입니다. 우리 앞에
남은 큰일에 자신의 몸을 바쳐야 할 사람들은 우리들 자신입니
다.

이는 이들 영예의 전사자들이 마지막 온갖 힘을 다하여 몸과
마음을 바친 위대한 목표에 대해 그들의 뒤를 이어 우리가 한층
더 헌신을 결심하기 위하여, 이들 전사자의 죽음을 헛되게 하지
않기 위하여, 우리가 여기서 굳은 결심을 하기 위하여, 그리고
이 나라로 하여금 하느님의 보호 아래 새로운 자유의 탄생을 갖
게 하기 위하여, 그리고 인민의, 인민에 의한, 인민을 위한 정

치를 지상에서 멸망시키지 않기 위하여 우리 앞의 위대한 사업에 몸을 바칩시다.〞

아무도 그의 말의 진실성을 의심할 사람은 없을 것이다.

그러면서도 전쟁은 이제 고비를 넘어 전세도 점차 북군에게 유리하게 전개되고 있었다. 후퇴는 모르고 전진에 전진만을 거듭하는 용감한 장군은 없을까?

1864년 링컨은 율리시즈 그랜트를 중장에 승진시켜 유니온의 전군을 지휘하게 하였다. 셔먼, 셰리단, 토마스 등 맹장들이 그랜트 밑에서, 링컨이 원하는 전면공세를 계획하고 수행할 수 있게 되었다. 링컨은 군의 수뇌들로 일종의 작전참모본부를 구성하고 총사령관으로서 이를 지휘 감독하였다. 이리하여 전면전쟁을 위한 대작전에 총력을 동원할 수 있는 기틀이 기구상으로 마련된 셈이다. 군사학이라고는 단 한 시간도 배운 일이 없던 그가 이런 놀라운 솜씨로 역사상 가장 어려운 전쟁 하나를 승리로 이끌어간 사실은 놀랍기 짝이 없는 기적에 가까운 일이었다고 하겠다.

이제 북군은 그랜트의 지휘하에 적의 수도 리치몬드를 향해 총공격을 개시하게 되었고 맹장 셔먼은 테네시를 뚫고 남쪽 조지아의 애틀란타를 공략코자 진격의 나팔을 불게 되었다. 1864년 5월의 일이다. 그러나 리의 군대는 월더네스와 스파트실베니아에서 그랜트에게 엄청난 타격을 주었고 그랜트가 리치몬드로 진격해 들어가려던 꿈이 좌절된 것뿐 아니라 그는 불과 한 달도 못되는 사이에 무려 5만 5천의 희생자를 냈다. 그랜트의 12만 2천의 병력을 가지고 로버트 리의 6만 2천을 쳐부수지 못했으니 유니온의 최종 승리에 대한 비관론이 대두할 만도 하였다.

북의 이러한 침울한 공기 속에 그랜트로부터 전문 한 장이 날아들었다.

'여름 한철 다 보내는 한이 있어도 이 전선을 지켜 끝까지 싸우고자 함.'

이 짧은 말 한마디가 북부의 사기를 돋우었다. 일찍이 이런 투지가 군대내에 없지 않았는가!

막대한 희생에도 불구하고 북군은 계속 진격하고 있었고 남군은 계속 후퇴하고 있는 것은 사실이었다. 7월 중순께 워싱턴을 점령하려고 리가 시도한 기습작전이 실패로 돌아간 후로는 북군의 승리가 거의 확실시되었고 특히 셔먼이 70리 시골 길을 날마다 접전하며 강행군하여 애틀란타로 쳐들어갔을 때에는 남군의 승리는 아주 불가능한 것으로 판정되고 말았다.

이 소란 속에서도 정치를 해야 한다는 것은 어느 개인에게나 지나친 부담이었을 것이다. 잡음이 없고 말썽이 없고 분쟁이 없는 정치가 세상이 어디 있으랴마는 1864년의 미국 정계처럼 어지러운 곳은 다시 찾아보기 어려울 것이다.

전쟁은 끝이 안 나고 사람은 자꾸만 죽어가는 그런 판국에는 지도자에 대한 불신이 따르게 마련이다. 특히 공화당내의 극렬

210

분자들은 링컨의 재선을 막기 위해 갖가지 음모를 획책하고 있었으나 6월 중순 볼티모어에 모인 공화당 전당대회(이때만 명칭을 〈내셔널 유니온〉당이라고 불렀다)에서 그는 무난히 두번째의 대통령 후보 지명을 받은 것이다.

링컨의 온건 노선에 불만을 품고 일찍부터 소란을 피운 것은 국회내의 과격파들이었다. 이들은 아직 전쟁이 끝이 나지도 않았는데 이미 남부 재건에 대한 그들 나름의 계획을 세웠고 대통령의 노선을 끈질기게 비판하였다. 〈웨이드─데이빗 선언〉이라는 것도 바로 그런 불만과 야망의 표시라고 하겠다.

링컨은 한두 가지 회유책을 강구해 보았으나 아무런 효과가 없었다. 당내에 이런 분열이 생겼으니 재선의 가망은 없다는 의견도 많았고 아예 후보를 사퇴하고 좀더 말썽 없는 인물로 대치하자는 제안도 있었다. 이 소위 정치꾼들이란 '민중의 여론, 유권자의 관심'을 분석하기에 앞서 우선 눈앞의 이익에만 급급하기가 일쑤다.

하여간 그의 측근자들까지도 비관론에 젖어 있었다. 민주당은 한편 시카고에 모여 진격의 속도가 느리다고 링컨이 해임한 맥클레런을 후보로 내세울 것이 거의 확실시되고 있었고 그가 지명을 받으면 공화당내에도 그를 지지할 세력이 상당히 있으리라는 소문도 파다했다.

8월 23일, 링컨은 인봉한 종이 한 장을 들고 각의에 참석하여 각료들에게 일일이 그 종이 뒷면에 서명할 것을 당부하였다. 서

명이 끝난 후 날짜를 적고는 아무 말없이 그 서류를 치워버리고
말았다. 무슨 까닭일까?

선거가 끝나고 나서 11월 11일에야 그는 그 내용을 각료회의
에서 낭독하였다.

"지난 며칠 동안은 물론 오늘 아침에도 현 정권이 재선될 가
망은 극히 희박합니다. 그렇다면 대통령 후보가 당선되고 취임
하는 그 기간 중, 당선자와 협력하여 유니온을 건지도록 하는
것이 본인의 책임이 되겠습니다."

이 글을 읽고 나서 그는 다음과 같은 설명을 덧붙였다.

"이 글이 작성될 때만 해도 아직 반대당의 후보가 나서지도
않았고 그렇다고 친구들이 우리 편에 있는 것 같지도 않던 사실
을 기억하지요. 그런 때에 나는 방금 읽은 대로의 행동 노선을
엄숙히 결정지었던 것입니다. 만일 맥클레런 장군이 당선되는
경우(그가 후보 지명을 받을 것은 확실했으니까) 나는 그를 찾아가
상의하려고 마음먹었습니다. 이렇게 말할 참이었지요. '장군
님, 장군님은 저보다 더 강하고 미국 국민에 대해서도 영향력이
더 크다는 사실이 이번 선거로 증명되었습니다. 이제는 우리가
힘을 합하여, 귀하의 영향력과 본인의 행정력을 한데 묶어 이
나라를 건지도록 힘써봅시다. 이 마지막 남은 시련에 대비하여
귀하는 최대한의 군대를 동원하고 본인은 전쟁 완수를 위해 온
갖 정력을 다 기울이겠습니다.'…"

다행히도 그런 계제까지 되지는 않았으나, 이 정도 마음에 준

비를 하고 있었으니 설사 무슨 일이 잘못되었어도 그리 큰 혼란
은 없었으리라는 생각이 든다. 개체와 전체의 관계 내지 비중을
링컨처럼 정확하게 계산하고 공과 사를 그토록 엄정하게 갈라서
생각하던 지도자는 서구 역사에서도 찾아보기 힘들다.

선거의 결과는 뜻밖이었다. 참가한 25주 가운데서 링컨은 22
주를 휩쓸었고 3주만이 맥클레런에게 표를 던졌다. 일반표를 집
계하면 2백21만 4천표 대 1백80만 2천표였지만.

선거에는 이겼다. 그러나 수많은 난관이 앞을 가리고 있었다.
하루바삐 이 싸움을 끝내야 하는 동시에 폐허가 되어가는 남부
의 재건을 위한 확실한 방안도 강구해야 한다.

전쟁은 남부를 재기불능의 상태로 몰아넣었다. 경제는 파탄
이 되고 사람도 부족하다. 그러나 북부는 전쟁 중에서도 발전하
였다. 공장, 철도, 통신 기타 모든 시설이 전쟁과 더불어 확장
되었다.

그러나 링컨의 마음속에서는 계속 남과 북은 하나였다. 탈퇴
하는 주들의 탈퇴를 용인하지 않았으니, '하나'라는 표현이 법
적으로도 적절하지만, 그것보다도 '바람과 함께 사라진' 남부의
자랑과 그 아픔에 대해 만강의 동정을 품고 있었기 때문이다.
전쟁의 책임을 전적으로 그들에게 지우고 꼼짝도 못하게 타고
눌러야 한다고 주장하는 북부의 과격파를 링컨이 옳다고 생각했
을 까닭이 없다.

두번째 대통령 취임연설에서 그는 이 전쟁의 재난을 하느님이

미국에 내리시는 책벌로 풀이하면서 전능하신 이는 자신의 목적을 따로 가지고 계실 것이라고 하는 종교적 견해를 피력하였다.

"아무에게도 악의를 품지 말고 모든 사람을 사랑으로 대합시다. 하느님께서 우리에게 주신 정의를 굳게 지키면서 우리가 이미 시작한 사업을 끝내도록 힘써봅시다. 이 백성의 상처를 싸매고 전투에 쓰러진 자와, 그의 과부, 고아를 돌보아주기 위하여, 또 우리 자체내에서와 모든 나라와 나라 사이에서 공정하고 항구적인 평화를 이룩하고 간직하기 위하여 힘써봅시다."

링컨이 그랜트와 셔먼을 만나 전략의 마지막 마무리를 맺은 지 닷새 후인 4월 2일, 리 장군은 하는 수 없이 피터스버그의 철수 명령을 내렸다.

아무리 세기의 명장인들 정치로 이미 패배한 정부에 군사적 승리를 가져오게 할 수는 없었다. 리치몬드는 그와 동시에 함락되고 말았다. 포터 제독의 호위를 받으며 소수의 측근자를 거느리고 대통령은 지체없이 적군의 수도 리치몬드에 입성하였다. 링컨이 이긴 것이다. 북군이 이긴 것이다. 민주주의가 이긴 것이다.

10여 명의 흑인이 땅을 파고 있었다. 그중의 한 노인이 링컨을 알아보고 곧 달려와 그 앞에 무릎을 꿇고 '메시아가 오셨다'고 하면서 '할렐루야'를 외쳤다. 전승한 대통령은 거북하기만 했다.

"내 앞에 무릎을 꿇지 말아요. 그러면 안돼요. 하느님 한 분에게만 무릎을 꿇어야 해요. 그리고 앞으로 누리게 될 자유를 기억하고 감사를 드려야지요.

나는 하느님의 도구에 불과한 것. 그러나 내가 살아 있는 한 안심해도 좋아요. 아무도 당신의 팔다리에 쇠고랑을 채우지는 못할 것이니. 이 나라의 모든 자유인에게 하느님이 주신 꼭 같은 권리를 당신도 가지게 될 것이오.”

이렇게 말하던 때의 그의 얼굴이 천사와 같이 빛났다고 한다.

리 장군이 그랜트 장군에게 버지니아의 애포매턱스에서 정식으로 항복한 것은 1865년 4월 9일이었다. 총성과 포성이 완전히 멎고 사방은 고요하였다.

‘일년 중에서도 가장 잔인한 달’이라는 4월—그래도 따뜻한 봄의 입김이 해묵은 목련나무 가지에 어리고 있었고 삶은 이어져야 한다는 절박한 욕망이 마주앉은 두 장군의 피곤한 얼굴을 스치고 갔다.

4년의 전쟁이 끝나고, 남부 열한 주의 허망한 꿈이, 쓰러져 죽은 병사의 군화바닥에 팔딱거리는 철 잃은 한 마리 흰나비가 되었단 말인가!

같은 날, 피로의 빛을 감추지 못한 채 워싱턴에 돌아온 대통령 링컨은 즉시 국무장관 슈워드를 그의 자택으로 문병차 방문하였다. 그는 수일 전 마차 사고로 심한 부상을 입고 병상에 누워 있었다. 리치몬드에서 돌아오는 길이냐고 묻는 슈워드에게 그렇다고 대답하면서, “이젠 다 끝나가는 모양이오”라고 덧붙였다. 그리고는 턱을 두 손으로 고이고 슈워드의 침상 머리에 엎드려 지나간 2주간에 일어난 사건들을 이야기해 주었다. 국무장관은 대통령의 어전에서 잠이 들었고 앞으로 살 날이 일주일도 안 남은 이 방문객은 하는 수 없이 일어나 살며시 방문을 열고 나와버렸다.

위싱턴의 거리에도 리치몬드가 함락됐을 때와 같은 광적인 흥분은 없었으나, 4월 10일 이른 아침부터 사람들이 줄을 지어 백악관으로 모여들기 시작하는 것이었다. 기쁨을 못 참는 어린애들처럼 그들은 '아버지 에이브라함'의 얼굴이라도 보려고 모여들었던 것이다. 흩어지게 하려 하여도 흩어지지 않는 군중이었다. 링컨은 하는 수 없이 몇차례 창가에 나와 손을 흔들어 답례를 하였다. 그는 악사들을 불러 〈딕시〉곡을 연주하게 하고는 이제 이 곡은 정정당당히 유니온의 소유(전쟁 중에는 남군의 국가였으니까)라고 선언하였다.

대통령의 표정에는 생기가 돌았다. 병색도 사라지고 피곤도 많이 가신 듯한 인상이었다. 그의 여윈 얼굴에는 빛이 있었다. 그 무겁고 무서운 짐도 이젠 벗었겠다, 기뻐할 만도 했으나 유니온을 재건하는 과제가 그의 마음에 휴식을 허락하지 아니하였다.

"이미 너무 많은 생명이 희생되었습니다. 조화와 융합을 원한다면 마음속의 원한이 소멸돼야 합니다."

링컨은 각료회의에서 이 한마디를 던졌다. 1865년 4월 14일!

제12장
이렇게 왔다 이렇게 가는 것을

링컨은 오랜만에 마음껏 웃으면서,
〈아메리칸 커즌〉이라는 이 유명한 희극
을 유감없이 즐기고 있었다. 제3막이 진
행 중이었다. 그가 앉은 좌석의 문이 슬
며시 열리고 일발의 총성이 울리자 대
통령은 앉은 자리에서 그대로 쓰러지면
서 의식을 잃고 말았다.

이렇게 왔다 이렇게 가는 것을

대통령 부처의 전용마차가 포드 극장 문 앞에 당도한 것은 그날 저녁 8시 반경이었다. 안내원의 뒤를 따라 메리를 앞세우고 특별좌석을 향해 가는 동안 연극은 잠시 중단이 되고 박수갈채는 조그마한 극장을 뒤흔들었다.

링컨은 오랜만에 마음껏 웃으면서, 〈아메리칸 커즌〉이라는 이 유명한 희극을 유감없이 즐기고 있었다. 제3막이 진행 중이었다. 그가 앉은 좌석의 문이 슬며시 열리고 일발의 총성이 울리자 대통령은 앉은 자리에서 그대로 쓰러지면서 의식을 잃고 말았다. 한 여성의 날카로운 비명이 그 특별석에서 일어나 긴장에 휩싸인 극장 안의 공기를 더욱 처절하게 하였다. 미국 대통령이 총에 맞은 것이다.

그는 곧 아비규환의 극장으로부터 길 건너 여관으로 옮겨져,

여러 시간 의사들의 치료를 받아 보았으나 다시는 의식을 회복하지 못한 채 숨을 거두고 말았다.

1865년 4월 15일 아침 7시 22분. 미국 제16대 대통령 에이브라함 링컨은 이처럼 허무하게 가고 만 것이다. 아직도 나이 56세. 이렇게 왔다 이렇게 가는 것을!

그의 관을 실은 특별열차가 워싱턴을 떠나 스프링필드로 향한 지 백여 년이 지난 오늘, 그의 삶과 죽음은 20세기 후반을 사는 우리에게 무슨 의미를 지니는 것일까?

우리가 그를 흠모하는 것은 '인간 링컨'의 사람됨이 완전무결하였기 때문이 아니다. 그는 결함이 많은 성격의 소유자였다.

사랑하지도 않는 여자 메리 오엔스에게(속으로는 거절해 주기를 바라면서) 구혼을 했다는 것은 지각있는 남성의 처신이라고 하기 어렵다. 그 여자가 거절을 했으니 다행이지 만일 승낙을 했더라면 링컨의 신세는 어떻게 되었을 것인가?

결혼한 메리 타드와의 관계에서도 링컨의 성격상의 큰 결함을 간과할 수 없다. 사랑하고 있는지 아닌지를 확인하는 데 그렇게 오랜 시간이 걸리고 그렇게 많은 갈등을 거쳐야 한다면 세상에 마음놓고 혼인할 수 있는 남녀가 과연 몇이나 되겠는가?

물론 남녀관계란, 남자와 여자 두 사람의 사이에서 생기는 일이니까 어느 한쪽에만 책임을 지울 수 없겠으나 어찌하여 약혼에서 파혼으로, 파혼에서 결혼으로, 고르지 못한 감정의 숨바꼭

질을 하여 마치 유명한 헐리웃의 배우 한 쌍과도 같은 인상을 풍기느냐 말이다.

파혼하고 나서 그가 심한 히포콘드리아에 빠져, 시골에 가서 한동안 휴양을 하고서야 겨우 마음의 안정을 되찾았다면, 그런 정신박약자에게 나라를 맡길 수가 있겠느냐는 반문도 있을 법하다.

그 우울증이 사실은 거의 병적인 것이었다. 며칠씩 제대로 먹지도 않고, 말도 안하고 웃지도 않는, 그런 남자의 옆에서 사는 여자가 얼마나 고통스러웠겠는가, 한번 메리의 입장을 동정적으로 살펴줄 필요가 있다. 그를 사귀었던 또하나의 메리(오엔스)는, 링컨에게는 여자들의 행복의 필수조건인 '아기자기한 맛'이 전혀 없다고 하였다. 그와의 결혼을 거절한 이 '메리'가 그와의 결혼을 수락한 저 '메리'보다 현명하였는지도 모른다. 그런 남자는 결혼의 상대로는 부적당한 인물이니까. 그런 남성은 혼자 사는 것이 마땅하다.

가난할 때에는 고리대금하는 사람들을 맹렬하게 공격하던 그가 생활이 좀 나아진 뒤에는 자기 돈을 가지고 이자놀이를 했다면 곧이들을 사람이 많지는 않을 것이다. 1859년 9월 1일자로 노만 저드라는 사람에게 5년 기한, 연리 1할로 꾸어준 돈만도 3천 달러였다.

정적을 모함하는 글을 익명으로 썼다가 마침내 들통이 나서 결투 직전에까지 끌려갔다가 겨우 타협을 본 아슬아슬한 경험도 없지는 않았다.

　그가 어디 정치적 야심이 없던 사람인가! 워싱턴에 가서 포
터막 강가에 자리잡은 그의 거대하고 엄숙한 백색 대리석의 좌
상을 바라보면서 아무도 그에게 출세의 야심이 있었다고 생각할
사람은 없을 것이다. 그러나 헌튼의 말처럼, 그의 야심은 휴식
을 모르고 뛰는 작은 엔진과도 같았다. 주 의회의 의원을 네 번
하고 대통령에 두 번 당선되기까지의 그의 정치경력은 사전의
치밀한 작전과 공작이 없이는 하나도 이루어지지 않았을 것이
다. 섬터 군사기지를 남군이 먼저 공격하기를 은근히 기다리고
(이것도 확실한 증거를 대라면 곤란하지만) 전쟁 도발의 책임을 회
피하려드는 것도 성현군자가 하는 짓은 아니지 않은가? 대통령
에 당선되고 나서 노예문제에 관한 남부와의 타협을 일체 거부
한 것은 순전히 그의 원칙과 신념 때문이고 다른 아무런 정치적
복선도 없었다고 믿어야 옳을 것인가?

　그러나 링컨이 어떤 사람이냐 하는 질문을 받고 우리는 앞서
열거한 그의 결점들을 생각하지는 않는다. 그에게 그러한 결함
이 없어서가 아니라 그런 결함이 그에게는 문제가 되지 않기 때
문이다. 그는 이 모든 과오나 결함보다 훨씬 높은 곳에 있는 것
이다.

　그는 여자를 행복하게 하지는 못했을지 모른다. 그러나 그는
오직 한 사람의 여자만을 사랑했고 다른 어떤 여자와도 뜬소문
한번 띄워 본 일이 없다. 그만하면 용서를 받을 만도 하지 않을

까? 그는 돈놀이도 해가며 꾸준히 축재하여 후에 그의 재산은 11만 달러는 더 되었으리라는 계산이다. 요새 돈으로 하면 백만 달러는 족히 되는 거액이다. 그러나 돈을 벌어 부자가 되려고 악착같이 굴던 그런 사람은 결코 아니었다. 가난한 과부의 소송 사건의 변론을 담당하고는 청구서를 보낸 일이 없었다. 변호비 조로 25달러를 보내온 어떤 의뢰인에게 10달러를 돌려보내면서, 15달러면 충분하다고 한 사람이 결코 돈에 눈이 어두운 사람은 아니지 않은가?

그에게 정치적 야심이 없었다는 말이 아니다. 그러나 그 야심 때문에 남을 괴롭히고 못살게 군 일이 없었을 뿐 아니라, 그의 그 야심 때문에 오히려 위기에 처한 미국이 유능하고 신뢰할 만 한 지도자를 가지게 됐던 것도 사실이다. 만일 그가 뉴세일럼에 서 평생 잡화상의 때묻은 손금고나 지키고 앉았었더라면 미국은 어떻게 되었을까 한번 상상해 볼 필요가 있다.

그가 무한한 성장의 가능성을 가지고 태어났던 사람인 것만은 확실하다. 공자님 말씀이 반드시 과학적이라고 하기는 어렵지 만 링컨이야말로 15세에 수양에 뜻을 두고 30세에 자기 나름의 주관을 확립했으며, 40세에는 신념에 이렇다할 동요가 없었고, 50세에는 하늘의 뜻을 헤아리는 지경에 도달한 사람이라는 느낌 이 든다. 특히 대통령이 된 후의 링컨은 항상 절대자를 의식하 고 그 현전에서 겸손하게 자신과 국가의 진로를 모색하던 극히 종교적인 인물이었다. 그의 겸손은 점차 경건으로 승화되었다는 판단에도 상당한 근거가 있다. 스탠튼의 말대로, 죽음과 더불어 그가 '시대를 초월한 사람'이 된 것은 그가 속인이 범접하기 어려운 어떤 거룩한 지경에 이미 도달했었기 때문이다.

링컨의 생애를 한번 교향곡에 비유해 본다. 그 테마는 과연 무엇일까?

민주주의라고 하는 것이 가장 적절한 것 같다. 서부로 끝없이 뻗어나가던 아메리카 대륙의 초원의 지평선 위에서 태어나, 그 숲속에서 자라면서 그는 민주주의의 심볼처럼 성장한 것이다. 미국의 민주주의적 이상이 그 한몸의 삶과 죽음 속에 유감없이 드러나, 그 선율은 때로 억세고 때로 격하고 때로 잔잔하기도 하지만 언제나 어디서나 진실하고 건강한 것이 특색이다.

민주주의가 무엇이냐? 전체와 개체의 조화를 꾀하는 차원 높은 삶의 철학이다. 개체가 전체의 번영을 방해하지 않고, 전체가 개체의 행복을 짓밟지 않는 절묘한 순열과 조합의 고등수학이다. 전체가 나아갈 하나의 목표가 설정되어야 하지만 자유가 전제되지 못하면 민주주의는 아닌 것이다. 그 하나의 목표란 무엇인가? 행복의 추구라는 평범한 말로 요약할 수 있다. 행복은 결코 개인이 추구하는 것이기 때문에 민주주의는 전체 속의 개체를 마치 밤하늘의 궁창에서 빛을 발하는 개개의 별들처럼 소중하게 여겨야 한다.

내가 있고 나라가 있다는 개념이, 나라가 없으면 내가 없다는 개념을 선행해야 민주주의라고 하는 것이다.

　개인의 꿈을 실현하기 위하여 조직이 필요하였다. 국가라는 것도 그 조직의 일종이다. 그런데 이제는 그 조직이 개인의 꿈을 실현하는 데 도움을 주기는커녕 오히려 그 꿈을 밟고 몰아내는 데 혈안이 되고 있다. 누가? 조직을 운영하는 극소수가. 그들을 권력자라고 부른다.

　링컨도 '조직의 사람'이었고 조직 속의 인물이었다. 그를 대통령으로 밀어서 당선시킨 것도 공화당이라는 조직이었고, 그로 하여금 4년간 육·해군의 총사령관으로 남북전쟁을 성공리에 끝내게 한 것도 국가라는 조직이었다.

　그러나 이 조직을 그는 레닌이나 스탈린이나 모택동이나 김일성처럼 악용하지 않았다. 그들이라고 반드시 악용만 한 것은 아니지 않느냐는 반론도 있을 법하다. 하지만 국가 존립의 궁극적 목적이 국민으로 하여금 자기 나름의 행복을 추구하게 하는 데 있는 것이라면, 그들은 그들이 행복이라고 믿거나 짐작하는 그것을 국민에게 강요함으로써 국민을 더욱 불행하게 만들었으니 조직의 악용이라고밖에는 판단할 수 없다.

　때로는 국민이 행복이라고 믿을 수 없을 뿐 아니라, 권력의 입장에서도 도저히 행복이라고 우겨댈 수 없는 것을 '인민의 이름'으로 강요한다. 왜? 소수 지배층의 권력 유지가 우선적으로 고려되어야 한다는 불가피한 상황 때문에.

　무솔리니, 히틀러, 프랑코, 카스트로가 다 그런 사람이다. 그들은 조직사회가 결코 '선택의 자유'가 보장되는 사회일 수가 없다는 소름끼치는 철학으로 한 국가의 방대한 권력을 한 손에 그러쥔 사람들이다.

적어도 서구 역사에 있어서 르네상스 이후 19세기까지의 5~6 백 년 동안 개인의 중요성, 개인의 자치능력이 계속 강조되어 왔다. 부르크하르트의 말처럼, 서구인은 문예부흥에서 비로소 '개인'을 찾았다. 그때까지의 서구사회에는 '개인'은 존재하지 않았고 다만 한 종족, 국가, 집단, 가족의 일원으로서의 '나'라는 존재가 있었을 뿐 '개인'으로서의 '나'는 존재하지 않았던 것이다. 칸트, 로크, 밀을 거치는 가운데 '개인'의 가치는 상승일로였다고 하여도 과언은 아니었다.

그러나 그 꿈은 20세기에 이르러 산산조각이 나고 만 느낌이다. 반드시 니체나 마르크스 때문이 아니다. 산업사회의 출현은 개인의 가치를 거대한 기계의 나사못 하나와 비슷한 것으로 만들어버렸다. 수출용 라디오를 만드는 전자기계 공장에 하루 열시간 열두 시간 앉아서 그의 청춘을 아연 판대기 위에다 갈아서 날리는 아가씨에게 '개인'은 없고 따라서 '개인의 자유'는 문제도 되지 않는다.

권력은 물론이고 산업, 기업, 기타 사회의 제반 활동이 조직을 생명으로 삼게 되므로 자연 개인의 가치는 희박해질 수밖에 없다. 조직의 원칙은 기계와 같은 것이다. 버튼 하나만 누르면 모든 기능이 제대로 움직여야만 한다. '개인'은 이제 목적이 아니라 수단이다.

226

집단주의, 전체주의에 입각한 강력한 정부 출현의 불가피성 — 따라서 독재형 지도자의 출현도 또한 피할 수 없으리라는 비관론이 압도적으로 되어가는 불행한 시대에 우리는 살고 있다. 그래서 자유다 민주주의다 하는 것은 모두 헛소리처럼 들리게 되고 개인은 이제 있어도 좋고 없어도 좋은 존재가 아니라, 마땅히 없어져야 하는 불필요한 존재로 되고 말았다. 다만 한 가지 문제는 개인이 불필요한 세상에 개인이 살아서 무엇하느냐 하는 비관론 내지 허무주의를 극복할 길이 없다는 것뿐이다.

민주주의가 중병을 앓고 있는 이 시대라, 우리는 링컨의 민주주의를 더욱 그리워하는 것인지도 모른다. 그의 이상은 확실히 민주주의에 있었고 위기에 처하여도 '인민의, 인민에 의한, 인민을 위한 정부'가 그 위기를 극복할 수 있을 뿐 아니라 오히려 가장 효율적임을 그가 입증한 것이나 다름없기 때문이다.

물론 그의 4년의 임기 중 전쟁을 수행해야 하는 이른바 비상사태에서 국회의 기능은 약화시키고 대통령의 권한을 '총사령관'으로서 대폭 강화한 것은 어김없는 사실이다. 그래서 심지어 자신의 공화당 내부에서도 그를 '폭군' 혹은 '독재자'라고 부른 사람들이 적지 않았다. 그러나 백여 년이 지난 오늘, 그를 표현하기에 가장 부적당한 단어가 있다면 아마도 '폭군'이니 '독재자'니 하는 낱말일 것이다.

그는 4월 14일 섬터가 남군에 의해 함락되자 국회 소집을 7월 4일로 공고해 놓고 곧 7만 5천의 의용군을 모집하였는데, 물론 아직 국회가 열리지 않았으니 휴회 중인 것은 사실이지만 '군대를 소집하고 보급하는 것'은 엄연히 국회의 기능에 속해 있지 결코 대통령의 권한은 아닌 것이다. 그 후 1861년 5월에는 순전히 대통령령만 가지고 육군의 정규군을 2만 2천7백14명, 해군을 1만 8천명이나 증가시켰으니 헌법에 명시된 국회의 권한을 침해한 것은 사실이다.

그렇게 하지 않았다면 무슨 다른 방법이 과연 있었을까? 그는 헌법의 조문은 어겼다 하여도 헌법의 정신은 어긴 일이 없었다. 적어도 일반 대중은 그렇게 믿어주었다. 그렇게 민중이 믿어주는 것과 믿어주지 않는 것 사이에는 하늘과 땅만한 차이가 있는 것이다. 국회가 후에 대통령의 그 모든 '직권남용'(?)을 다 정당화시켜 준 것도 그만한 민중의 뒷받침이 있었기 때문이 아니었을까?

그가 헌법이 보장한 인신보호 조항을 일단 기능정지시키고 군대로 하여금 반동시민의 구속·구금을 감행케 하였으니, 민주 대통령으로는 차마 할 수 없는 노릇을 감히 한 것이지만 그래도 민주 시민들이 그의 부득이했던 사정을 이해하고 그 처사를 용납하여 준 것이다. 시민이 부득이했다고 생각해 주는 것과 부득이했다고 생각해 주지 않는 것과는 마치 서울과 평양 사이처럼 가장 가까우면서도 또한 가장 먼 거리가 있는 것이다.

그가 거창한 조직을 운영해야 했던 '조직의 사람'이었음에도 불구하고, 또 미국 역사상에는 일찍이 유례가 없던 거의 절대에 가까운 권한을 자유자재로 구사했음에도 불구하고 대통령 링컨이 계속 '순수한 인간' '자유로운 개인'이었다는 사실이 아마도 우리의 마음을 흔드는 것 같다. 그는 적군의 사령관 리의 항복이 있은 후 곧 국방장관 스탠튼에게 편지를 써서 아들 태드가 깃발을 좀 원하니 구해 줄 수 없겠느냐고 부탁할 만큼 순진할 수 있었던 사람이다. 국가의 대사를 앞에 놓고, 어린 자식의 하잘것없는 부탁에 귀를 기울일 국가 원수가 또 있을 것 같지 않다. 그는 끝까지 경호원의 동행을 거절하였다. 자신의 죽음이 꿈속에서 예고되었다지만. 어떤 의미에서 그는 그의 비극적 종말을 자초한 셈이다. 민중의 지도자는 죽음의 순간까지 민중을 신뢰하고 떳떳하게 살았던 것이다.

한 나라가 얼마나 위대한가를 알아보는 척도는 반드시 그 나라의 지엔피(GNP)도 아니요, 그 나라의 철도의 길이도 아니요, 그 나라의 고층건물이나 공장의 수도 아니다. 한 나라의 위대함이란, 그 울타리 안에 사는 국민이 얼마나 큰 자유를 누리고 사느냐 하는 것으로 측정하는 법이다. 우리가 소련이나 중공을 위대한 나라로 여기지 않는 까닭이 바로 여기에 있다.

링컨은 과연 위대한 나라의 지도자답게 위대하게 지도자 노릇을 한 것이다. 오늘의 세계와 인류는 이 필요악이라고 볼 수밖에 없는 조직 속에서 숨이 막힐 지경이다. 이렇게 나가다가는 개인은 질식사를 면치 못하게 될 것만 같다. 개인은 죽고 전체만 살 수도 없는 일이지만, 조직만 비대해지고 그 속의 인간은 시들어 간다면 그 조직의 필요가 무엇이며, 삶의 가치가 무엇이냐고 우리는 반문하지 않을 수 없다. 그래서 우리는 링컨이 있는 쪽으로 시선을 돌리게 되는가보다.

링컨은 백악관을 찾아온 〈166 오하이오 연대〉병사들에게 이렇게 말했다.

"군인들을 만나 무슨 말을 할 기회가 생기면 언제나 간단한 몇마디로, 나는 이 싸움에서의 승리가 얼마나 중요한가를 강조하고 싶습니다. 이 싸움은 오늘만을 위한 것이 아니고 자손만대를 위한 것입니다. 우리는 우리들이 평생 누려온 이 훌륭하고 자유로운 정부를, 우리 자식들의 자식들까지도 누리도록 지속되게 해야 한다는 것입니다. 나 때문에만 이 사실을 기억해 두라는 것이 아니라 여러분 자신을 위해서도 기억해 두시기를 바랍니다. 내가 어쩌다 이 백악관의 주인 노릇을 잠시 하게 되었습니다. 마치 내 아버지의 아들이 여기에 와서 살게 된 것처럼, 여러분의 아들들도 또한 여기 와서 살 수 있다는 산 증인으로 지금 내가 여기 있습니다. 우리가 누려온 이 자유로운 정부를 통하여 여러분 각자가 근면과 창의와 지력의 넓은 광장에서 공정한 기회를 갖게 하기 위해서입니다. 여러분 모두가, 모든 바람직한 인간적 포부를 가지고, 삶의 경쟁에 있어 꼭 같은 특권을 누리게 하기 위해서입니다. 우리의 생존권을 잃지 않기 위하여 우리는 이 싸움을 계속 해야 합니다. 이렇게 헤아릴 수 없이 귀중한 보석을 간직하고자 한다면, 국가는 위하여 싸울 만한 값있는 것입니다."

시원한 바람이 스치고 지나가는 것 같다. '어쩌다 백악관의
주인 노릇을 잠시' 한다고 믿었던 그 사람, 미국 대통령 에이브
라함 링컨! 그는 과연 답답한 인류의 역사 속에 불고 간 시원한
바람이었다.

시원한 바람이란 으레 '이렇게 왔다 이렇게 가는 것을'.

부 록

생애의 줄거리

● **1809년**

2월 12일 켄터키 하젠빌 가까운 한 농장의 초라한 통나무집에서 출생하다. 아버지는 토마스 링컨, 어머니는 낸시 행크스. 손위의 누이 새라가 두 살.

3월 4일 제임스 매디슨이 토마스 제퍼슨을 뒤이어 미국 제4대 대통령으로 취임하다.

● **1811년**

이해 봄에 링컨 일가는 나브 크리크에 방대한 농토(약 30만 평)를 얻고 이사하다.

● **1812년**

에이브라함 링컨의 남동생이 태어나 토마스라는 이름까지 지었으나 곧 사망하다.

● **1813년**

3월 4일 제임스 매디슨이 다시 대통령으로 취임하여 두번째 임기를 시작하다.

● **1815년**

이해 가을, 링컨은 누이 새라와 함께 몇주간 학교에 다니다. 선생의 이름은 재커라이 아라이니. 이듬해에는 캘렙 헤이즐이 교사로 부임.

● 1816년

12월에 링컨의 아버지는 온 식구를 거느리고 켄터키에서 인디애나 스펜서 카운티로 이주하다.

● 1817년

3월 4일　제임스 몬로, 제5대 대통령으로 취임하다.

● 1818년

10월 5일　어머니 낸시 사망.

12월 13일　장차 그의 아내가 될 메리 타드가 켄터키 레크싱턴에서 출생.

● 1819년

12월 2일　아버지 토마스는, 남편을 잃은 옛 친구 새라 부쉬 존스턴과 켄터키 엘리자벳 타운에서 결혼을 하고 인디애나로 돌아오다. 그녀의 세 아이도 동행.

● 1820년

3월 8일　〈미조리 타협안〉이 국회에서 채택되어, 북위 36도 30분 이북의 지역에는 노예제도를 금지.

● 1821년

3월 4일　제임스 몬로, 다시 대통령으로 취임하여 두번째 임기를 시작하다.

● 1825년

3월 4일　존 퀸지 아담스, 제6대 대통령으로 취임.

● 1826년

8월 2일　링컨의 누이 새라, 아론 그리그스비와 결혼.

● 1828년

1월 20일 새라, 산고를 못 이겨 사망. 4월에서 6월 사이 링컨은 제임스 젠트리라는 상인에게 고용되어 상자 모양의 배를 제작, 미시시피 강을 타고 뉴올리언스까지 여행. 주인의 아들 앨른이 링컨과 동행하다.

● 1829년

3월 4일 앤드류 잭슨, 제7대 대통령에 취임.

● 1830년

3월, 링컨 일가 인디애나에서 일리노이로 이주, 디케이터 근처에 정착.

● 1831년

1월 1일 윌리엄 로이드 개리슨, 노예제도 반대를 주창하여 신문 〈해방자〉 첫호를 발행.

3월, 재차 뉴올리언스에 가기 위하여 이번에는 덴튼 오퍼트라는 상인을 위하여 '상자배'를 만들다. 이 배가 뉴세일럼 근처에서 4월 19일 둑에 걸려 흘러가지 못하는 것을 링컨의 지혜로 이를 극복, 무사히 항해하여 뉴올리언스에 도착. 6월, 기선을 타고 세인트루이스로 돌아와 도보로 일리노이 디케이터에 귀향.

7월, 덴튼 오퍼트 가게의 점원이 되어 뉴세일럼으로 가다.

8월 21일 냇트 터너가 주동한 노예 소요가 버지니아에서 터져 상당한 희생자를 내고서야 진압.

● 1832년

1월 6일 개리슨, 뉴잉글랜드 반노예협회 창설.

3월 9일 링컨, 일리노이 하원에 휘그당원으로 출마.

4월 6일 인디언 추장 블랙 호크, 500명의 인디언 전사들을 이끌고 일리노이에 침입.

4월 21일 링컨, 블랙 호크 전쟁에 출전코자 자원 입대, 중대장으로 선출.
  7월에 제대.

8월 16일 일리노이 주 의원 선거에서 낙선. 13명 후보 중에 제8위.
  가을, 윌리엄 베리와 잡화상 동업.

  ● 1833년

3월 4일 앤드류 잭슨, 대통령에 다시 취임.
  봄, 링컨-베리 상점 파산. 베리는 죽고 링컨은 빚만 안고 고생.

5월 7일 링컨, 뉴세일럼의 우편국장으로 임명됨.

  ● 1834년

8월 4일 일리노이 주 의회 의원에 당선.

  ● 1835년

  앤 러틀리지와의 전설적 사랑의 한 해. 그녀, 8월 25일에 열병으로 숨
  지다.

  ● 1836년

3월 2일 텍사스, 멕시코로부터 독립을 선언.

8월 1일 링컨, 주 의회 의원에 재선. 메리 오엔스와의 사랑 싹트다.

9월 9일 링컨, 변호사 개업 신청.

  ● 1837년

2월 28일 스프링필드를 주 수도로 결정, 링컨의 노력이 주효.

3월 1일 일리노이 대법원, 링컨에게 변호사 자격증 교부.

3월 4일 마틴 밴 뷰렌, 제8대 대통령으로 취임.

4월 12일 존 스튜어트와 변호사 개업.

4월 15일 스프링필드로 이사.

11월 7일 일라이자 러브조이(노예제도의 폐지를 주장하던 신문사 주필)가 일

리노이 앨튼에서 노예제도를 찬성하는 폭도들에게 피살.
● 1839년
가을, 메리 타드를 처음 만나다.
● 1840년
8월 3일 일리노이 주 의회 의원에 당당히 4선.
메리 타드와 약혼.
● 1841년
1월 1일 숙명의 정월 초하루, 링컨 메리와의 약혼을 파하고 심각한 고민
에 빠지다.
4월 14일 링컨, 스튜어트와 헤어지고 스티븐 로건과 동업을 개시.
● 1842년
여름, 메리 타드와 다시 교제. 〈생가몬 저널〉에 민주당 정치인 제임스
쉴즈를 야유하는 글을 연재.
9월 17일 쉴즈, 링컨에게 격투로 도전.
9월 22일 결투장까지 갔으나 중재로 화해.
12월 4일 메리 타드와 결혼.
● 1843년
8월 1일 첫아들 로버트 출생.
● 1844년
1월 16일 현재 '링컨의 집'으로 알려져 있는 스프링필드 잭슨 가에 위치
한 저택을 구입, 5월 1일에 이사.
12월 9일 윌리엄 헌든이 변호사 자격을 얻다.
얼마 후 링컨과 동업 개시.
● 1845년

3월 4일   제임스 포크, 제11대 대통령에 취임.

12월 22일   텍사스를 미국에 합병.

● 1846년

3월 10일   둘째 아들 에드워드 출생.

5월 1일   휘그당의 미국 국회 하원 후보로 공천.

5월 8일   미국과 멕시코 사이의 전쟁 일어남.

8월 3일   링컨, 하원의원으로 당선.

● 1847년

10월 25일   링컨 일가 스프링필드를 떠나 워싱턴으로 향하다. 12월 2일 워
싱턴에 도착.

12월 22일   하원에 제출한 결의안을 통하여 멕시코전쟁의 합법성 여부를
대통령에게 따지다.

● 1848년

1월 12일   링컨, 하원에서의 연설을 통해 포크 대통령의 전쟁 정책을 공
격.

2월 2일   멕시코와의 전쟁 종식.

9월 9일   링컨, 휘그당의 대통령 후보 재커리 테일러를 지원하기 위하여
뉴 잉글랜드 지방으로 선거 유세. 우스터, 보스턴, 로우엘 등지를 방
문.

● 1849년

1월 13일   콜롬비아 지구 내에서의 보상을 전제한 노예해방 법안을 제출
코자 노력.

3월 4일   링컨의 하원의원 임기 만료.

3월 5일   링컨, 제12대 대통령 재커리 테일러 취임식에 참석.

3월 31일 링컨, 스프링필드에 귀가.

● 1850년

2월 1일 둘째 아들 에드워드, 두 주일 앓고 사망.

3월 7일 다니엘 웨브스터, 상원에서 〈1850년의 타협안〉을 변호하나, 북부의 인사들은 이를 반대.

7월 9일 테일러 대통령 사망하고 부통령 밀라드 필모어가 계승.

12월 21일 셋째 아들 윌리엄 출생.

● 1851년

1월 17일 링컨의 아버지 토마스 사망. 6월부터 해리엇 비처 스토우 부인의 〈엉클 톰즈 캐빈〉이 〈내셔널 이라아〉에 연재되기 시작.

● 1852년

3월 20일 〈엉클 톰즈 캐빈〉이 단행본으로 출판, 일약 베스트셀러로 등장.

6월 29일 헨리 클레이 사망.

10월 24일 다니엘 웨브스터 사망.

● 1853년

3월 4일 프랭클린 피어스, 제14대 대통령으로 취임.

4월 4일 넷째 아들 토마스 출생.

● 1854년

5월 30일 〈캔자스-네브래스카 법안〉에 피어스 대통령 서명.

10월 4일 링컨, 더글러스 의원의 주장을 공박함(더글러스, 〈캔자스-네브래스카 법안〉을 변호하는 연설을 10월 3일에 이미 행한 바 있었음).

10월 16일 다시 링컨과 더글러스의 논쟁 격화.

● 1855년

2월 8일　링컨, 미국 국회 상원 선거전에 응했으나 실패.

　　● 1856년

5월 29일　링컨, 일리노이 블루밍턴에서 열린 공화당 창당대회에서 유명한 저 '잃어버린 연설'로 관심을 모음.

6월 19일　공화당 전당대회가 필라델피아에서 열려 존 프레몽을 대통령으로 지명. 링컨, 부통령 물망에 올랐으나 실패.

11월 4일　프레몽 낙선.

　　● 1857년

3월 4일　제임스 뷰캐넌, 제15대 대통령에 취임.

3월 6~7일　대법원의 〈드레드 스캇 판결〉 공표. 흑인은 시민이 될 자격 없고, 1820년의 〈미조리 타협안〉은 폐기된 셈.

6월 26일　링컨, 스프링필드에서 더글러스 의원의 〈드레드 스캇 판결〉에 관한 의견을 논박.

　　● 1858년

5월 7일　링컨, 옛 친구 잭 암스트롱의 아들 더프를 변호, 석방케 함.

6월 16일　일리노이 주 공화당 전당대회는 만장일치로 링컨을 공화당의 상원의원 후보로 지명, 이를 수락하는 마당에서 '집이 스스로 분쟁하면'이라는 유명한 연설을 행함.

8월 21일　오타와에서 링컨–더글러스의 최초의 합동 논쟁 벌어짐. 그 후 여섯 차례의 논쟁을 거듭함.

11월 2일　링컨, 다수표를 얻었으나 더글러스에게 패배.

　　● 1859년

9월 중순 이후 줄곧 지방을 순회하면서 강연. 점차 전국적인 인물로 성장.

● 1860년

2월 27일 뉴욕 시내 쿠퍼 유니온에서 연설.

2월 28일 뉴잉글랜드 지방 순회 여행을 떠나, 2주일 동안 동부에 그 이름을 떨침.

5월 18일 링컨, 공화당의 대통령 후보로 지명됨.

10월 19일 열한 살의 소녀 그레이스 베델로부터 수염을 기르라는 권면의 편지를 받고 좀 어색하지 않겠느냐고 답장.

11월 6일 링컨, 대통령에 당선.

12월 20일 남 캐롤라이나, 유니온을 탈퇴.

● 1861년

1월 31일 링컨, 계모를 찾아가 작별의 인사.

2월 4일 반란에 가담한 남부의 여러 주, 연합정부 수립하고 제퍼슨 데이빗을 대통령으로 선출.

2월 1일 링컨, 스프링필드에 작별을 고함.

2월 23일 워싱턴에 도착.

3월 4일 링컨, 제16대 대통령에 취임.

4월 12~14일 섬터 군사기지를 남군이 포격, 북군 수비대 드디어 항복.

4월 15일 링컨 대통령, 7만 5천의 민병대 소집.

4월 19일 남부의 항구 봉쇄령 선포.

4월 27일 필라델피아와 워싱턴간 군사 이동선상의 주민들의 인신보호 특권 일단 정지. 후에 플로리다 해안과 뉴욕─워싱턴 군사 작전권에까지 확대.

6월 3일 더글러스 사망. 링컨, 30일간의 조의 표명을 공포.

7월 21일 불런에서 북군 참패 소식을 저녁에 들음.

● 1862년

1월 13일 캐머론의 후임으로 에드윈 스탠튼을 국방장관에 임명.

2월 20일 셋째 아들 윌리엄 사망.

4월 6~7일 남·북군, 테네시 샤일로에서 격돌, 쌍방의 피해 극심. 북군 사령관 율리시즈 그랜트 장군.

6월 1일 로버트 리 장군, 남군의 총사령관에 임명.

7월 1일 링컨 대통령, 지원병 30만 명 모집.

9월 22일 링컨, 각의에서 노예해방 예비선언문을 낭독. 반란 지역의 노예를 1863년 1월 1일을 기해 해방키로.

12월 31일 링컨, 부득이한 사정으로 서 버지니아를 유니온에 따로 가입 허용.

● 1863년

1월 1일 노예해방선언 발효.

7월 1~3일 미드 장군, 게티스버그에서 리 장군 지휘하의 남군 공격을 저지.

7월 4일 그랜트 장군, 비크스버그를 공략.

10월 3일 대통령 링컨, 추수감사일을 11월 26일로 제정하여 선포.

11월 19일 링컨, 게티스버그의 전사자 공동묘지에서 연설.

11월 21일 링컨, 천연두의 경미한 증세로 병상에.

● 1864년

3월 9일 그랜트를 북군 총사령관에 임명.

3월 14일 대통령, 20만 명 모병을 발표.

7월 18일 50만 명의 지원병 모집 공고.

9월 1일 북군의 윌리엄 셔먼 장군, 애틀랜타를 점령, 링컨의 정치 생명에 활기를—그의 재선의 가능성 증가.

11월 8일 링컨, 민주당의 조지 맥클레런을 물리치고 대통령에 재선.

12월 19일 링컨, 30만 명의 지원병 모집 공고.

● 1865년

2월 1일 링컨, 노예제도를 폐지하는 헌법 개정 제13조를 각 주에 회부하
는 법령을 승인.

2월 3일 링컨, 남부 대표와 네 시간 동안 평화회담 주관.

4월 9일 리 장군, 버지니아에서 그랜트 장군에게 항복.

4월 11일 백악관 창가에 서서 링컨, 남부 재건의 복안을 설명.

4월 14일 링컨, 존 윌크스 부스라는 배우의 손에, 포드 극장에서 피격.

4월 15일 아침 7시 22분, 윌리엄 피터슨의 집에서 운명. 국방장관 스탠
튼, '이제 그는 시대를 초월한 인물이 되었다'는 유명한 말을 남김.

링컨의 일생

1판 1쇄 발행 1976년 5월 1일
3판 12쇄 발행 2012년 4월 30일

지은이 김동길
펴낸이 김성구

편집팀장 박유진
편 집 김민기 권은정 김동규
디자인 여종욱 조은희
제 작 신태섭
마케팅 최윤호
관 리 김현영

펴낸곳 (주)샘터사
등 록 2001년 10월 15일 제1-2923호
주 소 서울시 종로구 동숭동 1-115 (110-809)
전 화 02-763-8965(단행본팀) 02-763-8966(영업마케팅부)
팩 스 02-3672-1873 **이메일** book@isamtoh.com **홈페이지** www.isamtoh.com

ISBN 978-89-464-1147-3 03810

값은 뒤표지에 있습니다.
잘못 만들어진 책은 구입처에서 교환해 드립니다.